STURM der LIEBE

Johanna Theden

STURM der LIEBE

IN DE ZEVENDE HEMEL

LANNOO

www.lannoo.com
Registreer u op onze website en we sturen u regelmatig een nieuwsbrief met informatie over nieuwe boeken en met interessante, exclusieve aanbiedingen.

LANNOO

Oorspronkelijke titel: Im siebten Himmel
Oorspronkelijke uitgever: CORA Verlag
Tekst: Johanna Theden
Vertaling: Anja De Lombaert
Coverbeeld: ARD
Coverontwerp: Studio Lannoo
Vormgeving: Mediactief

Als u opmerkingen of vragen hebt, dan kunt u contact opnemen met onze redactie:
redactielifestyle@lannoo.com

D/2014/45/64 – NUR 343
ISBN 978 94 014 1499 9

1

Barbara staarde dokter Brunner ontzet aan. De psychiater had net voor een volle rechtszaal gezegd dat hij na zijn psychologisch onderzoek van mening was dat Barbara von Heidenberg tot alles in staat was. Zelfs tot moord. Götz had hem zelfs nog proberen om te kopen.

'Dat is een goede man', fluisterde Werner tegen Charlotte.

'Eindelijk heeft iemand de ware aard van die feeks door', stemde Robert met hem in. De rechter vroeg om stilte in de rechtszaal.

'Ik dank u voor uw verheldering, dokter Brunner', zei openbaar aanklager Georg Rosenberg en hij zag er uiterst tevreden uit. 'Ik heb geen verdere vragen.' Nu was het de beurt aan Götz Zastrow om de psychiater te ondervragen.

'Hoe bent u eigenlijk tot de slotsom gekomen dat mijn cliënte in staat is te moorden?' De advocaat sloeg meteen een heel scherpe toon aan. 'Is gedachtelezen een van uw beroepsmatige eigenschappen? Of helderziend zijn?'

'Ik heb uitvoerig met mevrouw Von Heidenberg gepraat', antwoordde dokter Brunner berustend. 'Ik heb mijn vragen gebaseerd op louter zakelijke criteria en ik heb de antwoorden op dezelfde manier beoordeeld. Die criteria leggen standaardvragen op, die een objectieve beoordeling van de geestestoestand van de ondervraagde mogelijk maken.'

'En u hebt er als vakman natuurlijk rekening mee gehouden dat mijn cliënte onder grote druk staat door het proces en daardoor mogelijk afwijkend gedrag vertoont', zei Götz bits. 'Waardoor een standaardbeoordeling van haar karakter niet zo vanzelfsprekend is.'

'Het is mijn beroep om mensen in uitzonderlijke omstandigheden te beoordelen.' De psychiater liet zich niet zo snel uit het lood slaan. 'En ik kan alleen maar beklemtonen dat ik zelden iemand heb ontmoet die zo stressbestendig is als mevrouw Von Heidenberg. Toen ze me de gebeurtenissen op de berg beschreef, heeft ze geen vleugje spijt, ontzetting of berouw getoond. Ze was emotioneel heel afstandelijk, om maar niet te zeggen, ijzig.' Ben sloeg zijn blik neer. Het was vreselijk om zulke uitspraken over je eigen moeder te moeten aanhoren. Het was duidelijk dat de uitspraken van dokter Brunner niet in haar voordeel zouden spelen.

Barbara wierp de psychiater een blik vol haat toe. En ook Götz Zastrow moest zijn uiterste best doen niet te laten merken hoe hij zich ergerde aan deze nederlaag.

André was de wanhoop nabij. Zijn broer Werner geloofde niet dat hij alleen maar met Barbara had samengespannen om Werners leven te redden. Zijn zoon Simon minachtte hem nu hij de waarheid kende. En hij was zijn baan kwijt.

Hij was razend op Götz Zastrow en werkte die woede uit op Cosima. Hij vertelde haar langs zijn neus weg dat Götz haar bedroog met Barbara von Heidenberg. Hij beweerde dat zijn cliënte hem helemaal om de vinger had gewonden. Cosima was al een hele tijd jaloers geweest, maar na de uitspraken van André werd haar vermoeden alleen maar bevestigd.

'Helaas houd ik nog altijd van hem', bekende ze zacht.
'Maar hij houdt niet van jou', antwoordde André. 'En hoe sneller je dat beseft...'
'Wat denk jij wel?!' onderbrak ze hem boos. 'Wat weet jij over mijn huwelijk? Jij kent mij nog maar enkele maanden, maar Götz en ik...' Ze zweeg plotseling. Ze had Philippe Octoir opgemerkt, die net door de lobby liep. 'Wacht eens even!' riep ze naar hem. 'Ik moet u spreken!'

'Ik geef toe dat ik Philippe graag een mep had verkocht op dat moment.' Lukas was na zijn gesprek met Philippe Octoir meteen naar Sandra gegaan en hij was helemaal van streek. Octoir had hem namelijk rechtuit gezegd dat hij verliefd was op Sandra. Sandra kon het zich gewoonweg niet voorstellen.
'Philippe en ik komen goed met elkaar overeen', zei ze. 'Meer is er niet aan de hand.'
'Van jouw kant misschien niet.' Octoir dacht daar duidelijk anders over.
'En maakt dat wat uit? vroeg ze. 'Ik houd van jou en ik maak hem dat ook duidelijk bij elke gelegenheid die ik krijg.' Wat Philippe dacht, maakte niets uit.
'Ik twijfel ook geen seconde aan jou', zei Lukas. 'Maar ik vertrouw die kerel voor geen cent. Wat wil hij van mij? Van ons?'
'Hij wil samen met ons een ecohotel uit de grond stampen', zei ze. 'En dat in een prachtige streek.'
'Misschien jent hij me omdat ik aan het project twijfel?' zei Lukas nadenkend. 'Nu ik zijn blufpraatje doorheb?' Misschien was het ook een late poging om wraak te nemen?

Om alles wat er de afgelopen jaren was misgelopen tussen hem en Philippe.

'Wat hij ook wil, mij krijgt hij in geen geval', besloot Sandra vastberaden.

Cosima sleepte Philippe Octoir tegen zijn zin mee naar het terras van het hotel.

'U pakt meteen uw koffers en verdwijnt hier!' viel ze woedend tegen hem uit.

'Ik zou graag weten waarom u zo tegen me tekeergaat?' reageerde hij gelaten.

'Hoe durft u dat nog te vragen!' Ze lachte verbitterd. 'U verleent me een... dienst, zullen we zeggen, ik betaal u daar rijkelijk voor en vervolgens beweert u dat ik u heb omgekocht.'

'Was dat dan niet het geval?' vroeg hij. 'Ik moest klacht indienen tegen uw zoon, mijn vriend. Omdat u hem schade wilde toebrengen.'

'En dan hitst u Lukas ook nog tegen me op!' ging ze boos voort. Van het ene woord kwam het andere en de ruzie dreigde te escaleren. Plotseling hapte Cosima naar adem en staarde voor zich uit. 'Markus...' fluisterde ze ontzet. Toen vielen haar ogen dicht en zakte ze in elkaar. Philippe stond verbijsterd naar haar te kijken. Hij had geen idee wat hij moest doen. Net op dat moment kwam André het terras op en hij besefte meteen wat er aan de hand was. Hij knielde bij Cosima neer en begon dadelijk hartmassage toe te dienen.

'Bel een ziekenwagen!' brulde hij tegen Octoir.

Sandra was ontgoocheld door Philippe. Ze had het gevoel gehad dat Octoir een vriendelijke man was die zich echt voor haar hotelidee leek te interesseren. Maar waarom daagde hij Lukas dan uit door te beweren dat hij verliefd was op Sandra? Als dat inderdaad zo was, waarom zei hij het dan niet tegen Sandra zelf in plaats van Lukas zo op stang te jagen? Ze vond het echt heel erg. Ze had zich zo verheugd op het ecohotel. Maar in deze omstandigheden kon ze het maar beter uit haar hoofd zetten. Het zou allemaal veel te ingewikkeld worden.

Even later liep ze Philippe in het park tegen het lijf. Hij was net foto's aan het maken. Ze haalde even diep adem en sprak hem dan aan.

'Jij hebt tegen Lukas gezegd dat je verliefd op me bent', zei ze verwijtend.

'Nou en?' antwoordde hij grijnzend. 'Vind je dat erg dan?'

'Hoe vaak moet ik het je nog zeggen!' zei ze boos. 'Ik houd van Lukas!'

'Dat weet ik', zei hij luchtig.

'Als je dat niet aanvaardt, dan...'

'... kunnen we geen vrienden zijn', vulde hij aan. 'Dat weet ik ook al.'

'Nou?' vroeg ze. 'Is het waar of niet?'

'Ik heb nooit iets in die zin gezegd', zei hij.

'Dus je beweert dat Lukas liegt?' Sandra keek hem woedend aan.

'Of hij heeft het fout begrepen. Daar kan ik in komen. Ik heb geloof ik wel het woord verliefd vermeld.' Sandra verloor stilaan haar geduld. Moest ze dan echt elk woord uit hem trekken? 'Ik heb geloof ik gezegd dat ik goed begrijp dat hij verliefd op je is', loog Philippe. 'Meer niet. Maar goed, als jullie daarover ruzie hebben... Ik kan hier ook verdwijnen. Dan regelen we alles voor het nieuwe hotel per telefoon en e-mail.'

'Overdrijf toch niet zo.' Hij had Sandra alweer voor zich gewonnen. 'Het komt wel goed als we ons vooral op het project concentreren...'

'Ik heb net met Philippe gesproken en hem duidelijk gemaakt dat ik niets meer over het thema liefde wil horen', deelde Sandra haar vriend even later met een glimlachje mee. 'Toch niet van hem.' Lukas leek er voor het eerst vrede mee te hebben. Ze wilden allebei geen ruzie meer, ze wilden maar één ding en dat was in alle rust genieten van hun liefde. En plannen smeden voor een toekomst ver weg van het Fürstenhof...

'Ik voelde mijn hart gewoon stilvallen.' Cosima was nog altijd van streek door wat haar was overkomen, maar bevond zich nu in de spreekkamer van dokter Michael Niederbühl nadat ze was teruggekeerd uit het ziekenhuis. 'Ik zag plotseling Markus voor me. Mijn overleden zoon. Het was spookachtig.' Ze was echt bang. 'Ben ik gek aan het worden? Of zal ik weldra sterven?'

'Geen van beide', zei Michael en nam er de resultaten bij van het onderzoek in het ziekenhuis. 'U had blijkbaar een plotselinge daling van de hartslag ten gevolge van een hartritmestoornis.' Het was geen hartinfarct geweest, wel een hartstilstand. 'Als meneer Konopka niet zo snel had gereageerd...' Zonder de hartmassage had ze kunnen sterven. Als men had gewacht tot de ziekenwagen er was, had de dienstdoend arts haar wel nog kunnen reanimeren, maar waarschijnlijk zou ze dan nu in coma hebben gelegen. 'We moeten dit heel ernstig nemen. Ik zou bij u een draagbaar ecg-toestel willen aanbrengen. Zo kunnen we uw hartslag de komende vierentwintig uur nauwgezet in de gaten houden.' Ze knikte alleen maar.

's Middags had Michael afgesproken met Rosalie om te gaan dansen. Ze wilden samen een danscursus volgen, maar hadden besloten eerst thuis te oefenen. De arts kon goed dansen. En vroeger, voor Rosalie in coma was geraakt, had Rosalie ook uitstekend kunnen dansen. Nu bewoog ze zich echter onzeker en nerveus.

'Sinds ik in coma heb gelegen, heb ik het gevoel dat ik geen voeten, maar klompen heb', klaagde ze.

'Maak jezelf geen verwijten', zei hij. 'Je hebt al grote vorderingen gemaakt. Bij andere comapatiënten duurt het vaak maanden voor ze weer controle krijgen over hun bewegingen.' Ze glimlachte dankbaar naar hem en genoot de rest van hun dansuurtje duidelijk.

'Op dit moment is in feite elke dag een geschenk', stelde ze vast. 'Want als ik eraan denk dat het toen ook anders had kunnen aflopen...' Ze kwam een stapje dichter naar hem toe. 'Als jij er toen niet was, mijn levensredder...' Hij deed een stap achteruit.

'Ik ben blij dat ik je heb kunnen helpen', zei hij. 'En dat de... moordpoging is mislukt.' Zo, het was eruit. Rosalie begon meteen te protesteren.

'Moordpoging? Ik heb geprobeerd zelfmoord te plegen!' Hij schudde het hoofd. 'Waarom zou ik liegen? Als iemand mij echt zou hebben proberen te vermoorden, zou ik me nu toch beter beschermen?'

'Iemand?' herhaalde hij. 'We weten allebei maar al te goed wie die "iemand" is.' Ze dreigde ermee hem eruit te zetten. 'Waarom vertrouw je me niet?'

'Moet je dat echt nog vragen?' snauwde ze.

'Die poging tot zelfmoord was in werkelijkheid poging tot moord', zei hij onverstoord. 'Cosima Saalfeld wilde je doden. Om je aandelen in het Fürstenhof veilig te stellen, om ervoor te zorgen dat Lukas ze zou erven voor je ze zou verkopen.'

'Hoe kom je daarbij?!' Rosalies stem sloeg over. Voor hij kon antwoorden, ging ze voort: 'Ik weet het al... Sandra. Zij heeft je deze idiote theorie verkondigd.'

'Niemand hoeft me deze theorie te verkondigen, ik heb ogen in mijn hoofd', zei Michael boos. 'En ik heb uitstekende oren. Ik ken het verhaal over die armband van Eva Krendlinger. Jij was er honderd procent zeker van dat het de armband van je moordenares was.' Rosalie perste koppig haar lippen op elkaar. 'Toen bleek dat die armband van Cosima Saalfeld was geweest. Ze had hem nog maar pas aan mevrouw Krendlinger geschonken. Toen dat bekend raakte, wilde Cosima halsoverkop naar Venezuela vluchten...'

'Wat wil je van me?!' Rosalie keek hem woedend aan.

'Ik wil niets van jou, maar ik wil je helpen', zei hij ernstig. 'En dat geldt ook voor Sandra. We maken ons zorgen om je. Je weet iets over die intrigante vrouw en om een of andere reden wil je haar beschermen.'

'Ik denk dat je niets van mij maar ook niets voor mij wilt.' Rosalie was duidelijk gekwetst. 'Je probeert me gewoon uit te horen over Cosima. Omdat jij iets over haar weet.' Hij schudde betrapt het hoofd. 'Maar ik ben het beu om te worden gebruikt door jou en Sandra.' En ze wees hem de deur.

Toen Götz die avond thuiskwam, hield Cosima hem in de gaten zonder dat hij het merkte. Hij was nog altijd van streek door de getuigenis van de psychiater.

'Hij deed alsof ze de duivel in eigen persoon is', zei hij.

'Je zei toch zelf dat die vrouw over lijken gaat', bracht Cosima hem in herinnering.

'Net dat gebrek aan scrupules vind je toch aantrekkelijk', zei ze. 'Dat heb je mij in elk geval wijsgemaakt.' Hij keek verbaasd op en staarde haar onderzoekend aan.

'Ze kan niet aan je tippen', zei hij flirtend. Hij ging naast haar op de bank zitten en wilde haar tegen zich aan trekken. Toen pas merkte hij het ecg-toestel op. 'Wat is dat?'

'Niederbühl junior wilde zijn artsenijkunsten weer eens op me uitproberen.' Ze deed opzettelijk alsof er wat onschuldigs was gebeurd. Ze was er namelijk niet langer zeker van of ze haar man wel kon vertrouwen.

Sinds Robert in het Fürstenhof was, hing er een vreemde sfeer tussen hem en Eva Krendlinger. Aan de ene kant vonden ze elkaar best sympathiek, maar aan de andere kant konden ze het niet nalaten met elkaar te kibbelen en dat zorgde in de keuken steeds opnieuw voor onrust. Robert had Eva nu de opdracht gegeven samen met hem de wijnkelder op te ruimen. Terwijl ze er samen aan het werk waren, vond Eva in een hoekje een heel oude kist.

'Ik denk dat we dit beter niet weggooien', meende ze.

'Hoe bedoel je?' vroeg Robert verbaasd.

'Kom maar eens kijken', zei ze. 'Wees maar niet bang dat u uw kostbare sterrenvingertjes vuil zult maken, ik heb het deksel schoongemaakt.' Hij tilde het deksel van de kist. Daarin lagen vijf oude flessen onder een dikke laag stof. Hij nam een van de flessen uit de kist en bestudeerde het etiket. Het was beschreven in het Sütterlinhandschrift. Robert en Eva konden het oude handschrift niet ontcijferen.

'Maar ik gok op schnaps', zei ze. 'Of likeur.' Robert besloot het Hildegard te vragen. Die wist meer af van zulke zaken.

Sandra was ijverig geweest en had een concept uitgewerkt voor het ecohotel in het klooster. Lukas was ervan onder de indruk.

'Ik heb geprobeerd in mijn ontwerp de bestaande gebouwen te gebruiken en ze in de omgeving te integreren', legde ze uit. 'En natuurlijk probeer ik in alle opzichten energie te besparen en ecologisch te werk te gaan.' Ze had haar ontwerp ook al gemaild naar iemand van het gemeentebestuur van de gemeente waar het klooster zich bevond. 'De man toonde meteen interesse.'

'Dat kan ik me voorstellen', antwoordde Lukas. Sandra's concept zat echt goed in elkaar. Ze straalde.

'We moeten alleen nog een pachtverdrag met de gemeente proberen af te sluiten', zei ze. Ze vonden het allebei meer dan waarschijnlijk dat ook dat in orde zou komen. Daarna konden ze aan hun ecohotel beginnen...

's Nachts stond Lukas ongemerkt op, nam Sandra's concept en verdween. Sandra merkte het pas de volgende ochtend. Ze kon al vermoeden wat hij van plan was. Hij was vast hoogstpersoonlijk naar het Reuzengebergte gereden!

Cosima bedankte André vandaag.

'Als jij me gisteren niet had geholpen, was ik nu waarschijnlijk dood', zei ze.

'Gelukkig herinnerde ik me nog het nodige uit mijn tijd als verpleger in het leger', zei hij grijnzend. 'Hoe voel je je nu?'

'Het gaat goed', zei ze ontwijkend. 'Ik zal het nooit vergeten. Je hebt nog wat te goed van me.'

'Dan heb ik al meteen een verzoek voor je', zei hij. 'Mijn referenties... Kun je ervoor zorgen dat die er goed uitzien? Op mijn leeftijd kun je maar beter gedegen referenties hebben, voor je het weet kom je in de goot terecht.' Ze keek hem nadenkend aan.

'Hoe ernstig meen je het met dat ontslag?' vroeg ze.

'Ik?' Hij zweeg. 'Ik meen dat helemaal niet. Maar ik heb geen andere keuze. Mijn lieve broer zal er alles aan doen om me hier te laten verdwijnen.'

'Hij bezit twintig procent', zei ze. 'Hij kan zulke belangrijke beslissingen over de toekomst van ons sterrenrestaurant niet alleen nemen.'

'Hij zou mijn leven tot een hel maken', vreesde André.

'Neem dan vakantie tot hij is uitgeraasd', raadde ze hem aan. 'Ik aanvaard je ontslag niet. En ik bezit meer aandelen dan hij.' Er verscheen een voorzichtig glimlachje op Andrés gezicht. Misschien zag het er toch nog niet zo hopeloos uit als hij dacht. Toen kwam Götz plotseling de kamer binnen.

'Wat doet u hier?' vroeg hij bits.

'Goedemorgen', antwoordde André overdreven vriendelijk. Götz snauwde hem toe dat hij onmiddellijk moest vertrekken, maar Cosima kwam tussen hen in staan en zei dat het ook haar woning was.

'Moet jij niet vertrekken?' vroeg ze zelfingenomen aan haar man. 'Je cliënte zit vast al vol verlangen te wachten.'

'Je hebt alweer gelijk, liefje.' Götz nam zijn nederlaag ironisch op en nam snel afscheid.

2

Michael bracht Sandra op de hoogte van zijn mislukte poging om informatie los te krijgen van Rosalie. Hij voelde zich oprecht schuldig. Hij had Rosalie niet willen gebruiken. Hij moest namelijk bekennen dat hij haar steeds meer mocht.

'Ik weet niet hoe ik haar nu nog kan benaderen', zuchtte hij. 'Ze heeft me gisteren aan de deur gezet.'

'U mag het niet zo snel opgeven', raadde Sandra hem aan. Ze was er honderd procent zeker van dat Rosalie een regeling had getroffen met Lukas' moeder. 'Dat kan niet anders dan slecht aflopen! Voor Rosalie dan toch.' Voor Michael nog iets kon zeggen, kwam Philippe naar hen toegestapt in de lobby. Hij vroeg Sandra te kunnen spreken onder vier ogen. Ze reageerde terughoudend, maar liet zich dan toch door hem meevoeren naar het terras.

'Ik heb een probleem', begon Octoir. Zijn agent had hem opgebeld en hem een aanbod gedaan. Hij kon meteen aan een grote filmproductie beginnen. 'Het gaat om een langdurige opdracht.' Als hij dat aanbod aannam, zou hij niet aan het ecohotel kunnen meewerken. 'Het hotel spreekt me in feite meer aan', legde hij uit. 'Als jij beslist om er zeker mee door te gaan, wijs ik dat aanbod voor de film af.' Ze keek hem verward aan. Hij kon toch niet verwachten dat zij zo'n belangrijke beslissing in zijn plaats zou nemen.

'Ik weet toch niet of het project door zal kunnen gaan?' vroeg ze. Dat hing niet alleen van hen af.

'Ik denk het wel', bracht hij ertegenin. 'Maar wij moeten het echt willen.' Hij vond Sandra's concept fantastisch en hij wilde graag samen met haar aan het project beginnen. 'En liefst zo snel mogelijk.' Een aanbod om een film te regisseren, sloeg hij daarvoor met veel plezier af. 'Laten we vandaag nog de aanvraag voor de pachtovereenkomst opsturen', stelde hij voor. 'Als die in orde is, kunnen we nog een keer naar het Reuzengebergte rijden en onze plannen in daden omzetten.' Natuurlijk vond Sandra dat een aanlokkelijk vooruitzicht. Ze aarzelde nog heel even en nam dan een besluit.

'Oké. Als ik jou ermee kan helpen... Ik doe mee.' Hij omhelsde haar spontaan en heel ongedwongen.

'Dat is geweldig!' riep hij blij uit. Toen rende hij weg om zijn agent te melden dat hij het aanbod afsloeg.

Robert toonde mevrouw Sonnbichler de flessen die hij en Eva de vorige dag in de wijnkelder hadden ontdekt. Hildegard sloeg meteen bleek uit.

'Dat is duivels spul!' riep ze uit. 'Gooi die flessen meteen weg.'

'Waarom?' vroeg Robert verbaasd en wilde een van de flessen openen.

'Blijf eraf! U zult het zich berouwen! En ik ook. U en ik moeten de keuken leiden. Ik zou het zwaar te verduren krijgen als u iets doms uithaalt en daardoor niet meer in staat bent in de keuken te werken.' Natuurlijk werd Robert nu pas echt nieuwsgierig. Ze schaamde zich een beetje toen ze hem vertelde wat haar al eens was overkomen met de 'magische kruidenschnaps' die volgens het etiket in de flessen zat.

André was meteen verliefd op haar geworden toen hij ervan had gedronken. Het drankje maakte mensen ziek van liefde. Robert vond het een bijzonder grappig verhaal. Hij dacht er niet aan de oude schnaps weg te gooien, toch niet allemaal. Eén flesje hield hij zelf.

Barbara en Götz hielden een crisisvergadering. Götz wilde een aanvraag indienen voor een nieuw psychologisch onderzoek door een andere psychiater. Barbara vreesde dat het weinig zou uithalen.

'De rechter is ondertussen al net zo vooringenomen als de openbare aanklager', zei ze schamper. 'Zag je het gezicht van Rosenberg toen Brunner me met de grond gelijkmaakte?'

'Ik zou een slecht advocaat zijn als ik de openbare aanklager niet voortdurend in de gaten zou houden', merkte Götz minachtend op. Barbara rolde met haar ogen.

'Zou het kunnen dat je het hebt opgegeven?' verweet ze hem. 'Mij, het proces?'

'Wij winnen, daarvan ben ik nog altijd overtuigd', zei hij.

'En wat houdt je tegen om dat dan eindelijk eens te tonen?' vroeg ze koeltjes.

'De vrouw die helaas nog altijd mijn echtgenote is', bekende hij, en ditmaal was hij per uitzondering eerlijk. 'Dankzij haar vrouwelijke intuïtie lijkt ze stilaan te vermoeden wat er tussen ons speelt.' Barbara kreunde. Dit interesseerde haar echt niet. 'Het liefst van al was ik haar nu meteen kwijt', ging Götz voort. 'Voor altijd. Welke prijs ik daarvoor ook moet betalen. Ik kan er niet langer tegen.'

'Haal me hieruit', antwoordde Barbara. Ze wilde uit eigenbelang verhinderen dat hij domme dingen zou doen. 'Ik zorg voor de rest. Ik heb meer ervaring dan jij wat relaties betreft, vermoed ik.' Hij kuste haar passioneel. 'Je zult die oude feeks niet lang meer moeten verdragen', beloofde ze hem. 'Je hoeft alleen maar dit proces te winnen.'

'In elk geval.' Hij keek haar glimlachend aan. 'Maar misschien lost het probleem zich ook vanzelf op. Cosima probeert het voor me te verbergen, maar haar hart liet het gisteren alweer afweten. Ditmaal serieus.'

'Nog beter...' Barbara keek hem ietwat teleurgesteld aan. 'Dan moet je je handen niet eens vuilmaken...'

Michael had besloten nog een keer met Rosalie te praten en ditmaal wilde hij heel eerlijk tegen haar zijn.

'Ja, ik heb geprofiteerd van jouw interesse in mij omdat ik informatie over Cosima Saalfeld nodig heb', gaf hij meteen toe. 'Het spijt me. Maar ze heeft mijn vader vermoord.' Hij verbeterde zichzelf direct. 'Misschien niet echt vermoord, maar ze heeft hem zien sterven. En ze heeft niets gedaan om hem te redden!' Rosalie keek hem geschokt aan. 'Ik kan het helaas niet bewijzen', ging Michael voort. 'Maar ze zal... Ze moet ervoor boeten! Ik wil dat ze wordt beschuldigd en veroordeeld. Omdat ze ook jou heeft willen vermoorden.' Rosalie keek hem overrompeld aan. Wat verwachtte hij dan van haar? 'Dat is alleen mogelijk als jij me vertelt wat er tussen jullie aan de hand is', ging hij voort. 'Jullie hebben elkaar duidelijk in elkaars macht.' Hij dwong haar niet meteen een beslissing te nemen, maar zei haar dat ze er in alle rust over moest nadenken. Hij moest nu naar zijn praktijk, want Lukas' moeder had een afspraak bij hem.

Cosima was dolblij dat ze het ecg-toestel niet langer hoefde te dragen. Michael bekeek de resultaten en legde haar uit dat het klopte wat hij al vreesde. Ze leed aan zware hartritmestoornissen. Haar hart viel regelmatig even stil.

'En nu?' vroeg ze bang. Maar ze kon de vraag al zelf beantwoorden. Ze mocht zich niet druk maken. Ze moest beter op zichzelf passen. 'Dat is gemakkelijk gezegd als je zoon zich tegen je keert en je echtgenoot zijn cliënte interessanter vindt dan zijn vrouw', snauwde ze.

'Hebt u echt alleen maar zorgen door uw familie, mevrouw Saalfeld?' drong Michael aan. 'Soms lijden mensen ook onder andere zaken. Schuldgevoelens bijvoorbeeld...'

'En waarover zou ik dan volgens u schuldgevoelens moeten hebben?' Ze keken elkaar strak aan. 'Ja, ja, als u het per se uit mijn mond wilt horen: dat voorval met uw vader ligt me nog zwaar op het hart. Dat ik net voor het gebeurde nog ruzie met hem had... En toen... De beroerte. Ik kon niets meer doen. Ik kon hem niet meer helpen.' Ze deed alsof ze er nog altijd onder leed en ze deed het zo goed dat ze het bijna zelf geloofde. Michael geloofde er in elk geval geen woord van, maar liet het er voorlopig bij. Hij moest haar nog wat dringende medische raad geven. Ze zou niet langer met geneesmiddelen alleen haar hart onder controle kunnen houden, ze had ook een pacemaker nodig. Het idee beviel Cosima absoluut niet.

Tegen 's middags keerde Lukas naar het Fürstenhof terug. Net zoals Sandra had vermoed, was hij naar het Reuzengebergte gereden om het klooster met eigen ogen te zien. Toen was hij naar het gemeentehuis daar gereden om er te spreken met de bevoegde ambtenaar.

'Ik hoef alleen nog een financieringsplan op te stellen', deelde hij Sandra opgewonden mee. 'Dan zijn we de pachters van het klooster.' Hij had al een voorlopige overeenkomst ondertekend. Sandra kon haar oren niet geloven. 'Jij en ik hebben binnenkort ons eigen ecohotel!' Lukas keek haar stralend aan.

'En Philippe?' vroeg ze voorzichtig.

'Die hebben we niet nodig. We doen dit alleen.' Ze fronste ontzet de wenkbrauwen. Wilde Lukas Philippe uitsluiten?

'Hij heeft dat klooster ontdekt!' wierp ze op. 'Dat kun je niet doen.' Maar Lukas had een besluit genomen. Dat Philippe hem had gezegd dat hij verliefd was op Sandra, had de doorslag gegeven.

'Het kan gewoon niet goed gaan met ons drieën!' zei hij. Hij vertrouwde Philippe niet langer. En zonder vertrouwen kon je geen zaken samen doen.

'Maar het is niet eerlijk dat je degene uitsluit die het idee aanbracht', bracht ze ertegenin. 'Bovendien doe je alles achter zijn rug.'

'Als ik je zo hoor, lijkt het of ik Philippe wil oplichten.' Zo was het ook een beetje, vond ze. Lukas maakte zich boos. 'Oké, als jij het zo ziet... Begin dan maar alleen met hem aan het project. Zonder mij. Dat vond je sowieso al een beter idee. Dan is ten minste moreel alles verantwoord.' Woedend liep hij weg.

Bij de receptie liep hij uitgerekend Philippe tegen het lijf en die sprak hem woedend aan. Hij had namelijk net naar de ambtenaar gebeld die zich bezighield met het oude klooster. En die had hem verteld dat Lukas Zastrow al een voorlopige overeenkomst had ondertekend.

'Dat is gewoonweg verraad!' zei Philippe boos. Maar Lukas vond het een belachelijk verwijt.

'Jij kent niets van het hotelwezen', zei hij minachtend. 'Houd jij je maar met je filmpjes bezig.'

'Ik heb het klooster ontdekt!' antwoordde Octoir. 'En ik kwam op het idee om er een hotel van te maken.'

'Het gaat jou toch helemaal niet om het hotel!' beschuldigde Lukas hem. 'Jij bent alleen geïnteresseerd in Sandra.'

'Ach, zit het zo?' Philippe sloeg een spottende toon aan. 'Je bent jaloers. Je zelfvertrouwen is dus lang niet zo groot als het lijkt.'

'Je hebt me zelf gezegd dat je verliefd bent op Sandra!' Op dat moment kwam Cosima de trap af. Ze spitste haar oren. Dat was interessant!

'Denk je nu echt dat ik je vriendinnetje van je wil afpakken?' reageerde Philippe. 'Man, jij lijdt echt aan achtervolgingswaanzin.'

Zo kon het niet. Sandra liep nerveus door het park naar de serre. Lukas kon haar niet zomaar voor voldongen feiten stellen. Hij had toch kunnen vermoeden dat ze niet zomaar zou aanvaarden dat hij Philippe aan de kant schoof. Hij had voor het hotelproject zelfs een belangrijk filmaanbod geweigerd. Maar dat interesseerde Lukas wellicht ook niet. Hij was zo boos op Philippe... Hoe moest het nu verder? Sandra kon zich niet voorstellen dat de twee mannen ooit nog met elkaar zouden kunnen samenwerken...

Na zijn gesprek met Philippe wilde ook Michael Lukas spreken. Het ging om zijn moeder. Lukas had allesbehalve zin om over zijn moeder te praten, maar zijn vriend bleef aandringen. Hij zou nooit zijn beroepsgeheim schenden als Cosima's gezondheidstoestand niet echt zorgwekkend was.

'Ze heeft gisteren een hartstilstand gehad. Het is haar bijna fataal geworden.' Lukas keek Michael verrast aan. Hij wist er niets van. 'Ze heeft dringend een pacemaker nodig. Maar ze is bang voor de operatie.'

'Dat is toch een routine-ingreep, niet?' vroeg Lukas.

'Niet altijd.' Als de hartritmestoornis zo ernstig was als bij Cosima, was zo'n ingreep niet zonder risico. 'Maar ze moet de ingreep ondergaan. Hoe sneller hoe beter. En het zou goed zijn als jij haar een beetje steunt.'

'Michael heeft net met me gepraat.' Lukas had zijn moeder opgezocht. 'Hoe gaat het met je?'

'Mijn hart doet het niet meer zo goed', merkte Cosima schouderophalend op.

'Je hebt een pacemaker nodig.' Ze knikte. 'Waarom ben je dan nog niet in het ziekenhuis?' Ze zuchtte alleen maar. 'Ik weet dat je bang bent. Maar je hebt de ingreep dringend nodig!'

'Dat is het niet alleen', zei ze. 'Ik maak me ook zorgen over hoe het verder moet. Stel dat er wat misloopt...' Ze keek hem gekweld aan. 'Wat moet er van jou worden als ik er niet meer ben?'

'Van mij?' vroeg hij verbaasd.

'Die Saalfelds zullen je nooit als een van hen aanvaarden', zei ze overtuigd. 'Je bent en blijft voor hen voor altijd een Zastrow. Een indringer.'

'De enige Saalfeld die belangrijk voor me is, is Sandra', zei hij schouderophalend.

'Dat zeg je nu. Maar als die bende je altijd een stok tussen de benen gooit...' Hij schudde het hoofd. Dat zou geen probleem meer zijn. Hij en Sandra wilden het Fürstenhof verlaten. 'Willen jullie hier echt weg?!' Ze had hem niet ernstig genomen toen hij haar dat enkele dagen geleden voor de eerste maal had gezegd. Hij knikte. En hij vertelde haar over het klooster in het Reuzengebergte dat ze wilden ombouwen tot een ecohotel. 'Ik ben ernstig ziek en jij wilt me hier alleen achterlaten?'

'Er is nog niets beslist', zei hij afwerend. 'We hebben nog niet de definitieve goedkeuring van onze financiën.' Uiteraard zou hij in het Fürstenhof blijven tot na haar operatie.

Sandra had het niet lang uitgehouden in de serre. Ze klopte aan bij Philippes kamer, maar hij wilde eerst niet met haar praten. Hij geloofde niet dat ze niet op de hoogte was geweest van Lukas' plan om hem uit te sluiten. Hij verweet haar hem verraden te hebben. Het kostte haar heel veel overtuigingskracht om hem van mening te doen veranderen.

'En nu?' vroeg hij radeloos.

'Ik denk dat jullie het beste nog een keer met elkaar praten', zei ze. 'Helder de zaken wat op.'

'Dat heb ik al geprobeerd', antwoordde hij. 'En dat is mislukt.' Kon zij niet nog eens een goed woordje voor hem doen? Ze had er haar buik van vol om voortdurend tussen de twee te moeten bemiddelen, maar ze wilde het nog wel een laatste keer proberen...

Samen met Philippe stapte ze Lukas' kantoor binnen. Hij had absoluut geen zin in een gesprek met Octoir, maar Sandra hield het been stijf.

'Philippe heeft het klooster ontdekt', herhaalde ze. 'Ik heb het concept uitgewerkt. En jij hebt de knowhow om het project uit de grond te stampen. Dat wil zeggen dat we er allemaal bij horen. Ofwel doen we het samen, ofwel doen we het niet.'

'Dan niet', bromde Lukas.

'We zijn met zijn drieën aan dit project begonnen, dan gaan we ook voort met zijn drieën', drong Sandra aan. 'Dat vind ik het eerlijkst. Als jullie het daarmee niet eens zijn, kunnen we er maar beter meteen een punt achter zetten.' Philippe noch Lukas zag het project graag in rook opgaan. 'Leg het bij', zei ze dwingend. 'Of ik trek me uit de zaak terug en zonder mijn concept staan jullie nergens. Dan is er geen sprake van een project.' Ze draaide zich om en liet de twee kemphanen alleen achter.

'Oké, we houden op met alle spelletjes.' Lukas rechtte zijn rug. 'Wat wil je van Sandra?'

'Niets!' antwoordde Philippe geërgerd.

'Je hebt me onlangs iets heel anders verteld', zei Lukas.

'Dat was toch alleen maar een stomme grap', beweerde Octoir, maar hij bezweek onder Lukas' doordringende blik. 'Ja, oké, ik vind haar leuk. Maar ik weet dat ik bij haar geen kans maak omdat ze van jou houdt. Ik ga niet mijn hele leven vergooien door achter haar aan te blijven zitten. Geloof me, ik meen het.'

'Goed.' Lukas knikte. In dat geval was hij bereid het project met zijn drieën te realiseren. Maar op één voorwaarde. 'Ik ben de baas.'

'Ja, chef', antwoordde Philippe spottend. 'Dat is goed wat mij betreft.'

'Als ik toch nog merk dat je Sandra verlangend aankijkt, kun je iets verwachten', zei Lukas dreigend.

'Het zou misschien niet slecht zijn als je een heel klein beetje vertrouwen in me had', zei Octoir.

'Mijn vertrouwen moet je eerst verdienen', legde Lukas uit.

'Kalmeer nu toch!' Philippe rolde geërgerd met zijn ogen.

'Afgezien van dat gedoe met Sandra...' ging Lukas onverstoord voort. 'Je hebt me eerder al opgelicht.'

'O, wrok koester je dus ook nog.' Octoir was nu echt beledigd. 'En trouwens, dat bazige gedoe, die minachting, ik weet niet of ik mezelf dat wel wil aandoen.' Hij liep naar de deur. 'Ik moet hierover nog eens nadenken. Ik zal er nog een nachtje over slapen.' Hij liet de verbouwereerde Lukas alleen achter.

3

Werner had een brief ontvangen van Cosima en was razend. Ze eiste dat André als chef-kok aan de slag bleef in het Fürstenhof. Omdat zij vijftig procent van de aandelen in het Fürstenhof bezat, had zij het recht zulke beslissingen over het personeel te nemen.

'Robert vertrekt binnenkort terug naar Parijs', zei Charlotte nadat ze erin was geslaagd haar man enigszins te kalmeren. 'Dan zitten we zonder kok als we André laten gaan. En je weet, topkoks liggen niet voor het rapen. Bovendien zijn ze waanzinnig duur.'

'Dat kan best zijn,' bromde Werner, 'maar niemand kan het me aandoen nog langer met die kerel samen te werken.' Ditmaal was André echt te ver gegaan.

Götz' aanvraag voor een nieuw psychologisch onderzoek was afgewezen. Barbara was razend toen ze het nieuws van hem vernam.

'Als ik had geweten dat je zo'n prutser was...' snauwde ze tegen hem. 'Ik zou me nooit met je hebben ingelaten!'

'Je kunt me nog altijd ontslaan, ga je gang', antwoordde hij koeltje. 'Dan ga ik lekker op vakantie.'

'Je kunt me nu niet in de steek laten!' riep ze ontzet. 'Je klinkt alsof jij als mijn advocaat zelf al geen hoop meer hebt op een goede afloop.' Hij haalde zijn schouders op. 'Ik kan net zo goed meteen een schuldbekentenis opstellen.'

'Misschien is dat inderdaad het beste', zei hij.

'Ben je gek geworden?!' Ze keek hem verbijsterd aan. 'Dat zou betekenen dat ik levenslang achter de tralies vlieg. Dat overleef ik niet.'

'Dan kunnen we maar beter snel iets verzinnen', zei hij.

'Wij? Jij!' Opnieuw haalde hij ongeïnteresseerd de schouders op.

'Ik vrees dat mijn mogelijkheden uitgeput zijn. Zolang we niets tegen Werner Saalfeld hebben...' Ze knikte verbitterd. Maar plotseling herinnerde ze zich iets.

'Ik kan Werner er misschien van overtuigen zijn verklaring te herzien', zei ze met een duivelse grijns.

Na de zoveelste ruzie met Eva Krendlinger wilde Robert het met haar goedmaken door haar de fles met 'magische kruidenschnaps' te geven die hij voor zichzelf had bewaard. Maar ze weigerde van het brouwsel te drinken. Ten eerste geloofde ze niet in liefdesdrankjes, ten tweede mochten met de liefde geen spelletjes worden gespeeld.

Na haar dienst liep Eva door het restaurant. Daar ontdekte ze Cosima. Die zat eenzaam en alleen aan een tafeltje. Ze vroeg of ze haar gezelschap mocht houden. Cosima nam haar voorstel met veel plezier aan, maar kon niet verbergen hoe slecht het met haar ging.

'Mijn hart doet niet meer wat het moet doen, mijn man bedriegt me waarschijnlijk en mijn zoon laat me in de steek...' Ze zuchtte diep. Eva had medelijden met haar. Om haar op te beuren, toonde ze haar de fles schnaps die ze van Robert had gekregen.

'Het zou een of ander toverdrankje zijn. Wie dit drinkt, zou verliefd worden op de eerste persoon die hij of zij tegen het lijf loopt.' Cosima herkende de schnaps meteen. Zij en André hadden er een keer van gedronken en hadden zich toen ongeremd op elkaar gestort. Ze dacht even na en besloot dat ze het brouwsel best kon gebruiken.

'Als u ervan af wilt... Ik wil de fles graag van u kopen.' Eva keek haar verbaasd aan. Wat wilde Cosima dan doen met het drankje? 'Het heeft voor mij een sentimentele waarde', beweerde Lukas' moeder. 'Mijn grootvader brouwde het.'

'Dan krijgt u de fles van mij.' Eva schoof de fles over de tafel naar Cosima toe.

'Bedankt. Maar ik zou u er toch voor willen belonen. U hebt het nu vast niet gemakkelijk op financieel vlak...' Ze haalde haar portemonnee tevoorschijn en drukte Eva een bankbiljet in de hand.

'Kijk eens aan', mompelde Robert, die net voorbij hun tafeltje liep. 'Zastrow koopt een liefdesdrankje.' Hij schudde verwonderd het hoofd.

'Je was dus bereid je te verzoenen met Philippe?' Sandra en Lukas zaten gezellig tegen elkaar aan op de bank.

'Op één voorwaarde, namelijk dat hij jou met rust laat', bevestigde hij.

'En daar was hij het niet mee eens? Wilde hij dat niet?' vroeg ze verbaasd.

'Niet zonder er eerst nog een nachtje over te slapen.' Lukas vertelde niet helemaal de waarheid, maar hield het daarbij. Sandra begreep er niets van. Philippe had haar toch gevraagd een goed woordje voor hem te doen bij Lukas? Ach wat, ze had geen zin meer in al dat gedoe.

'Stoort het je dat andere mannen me leuk vinden?' vroeg ze schalks.

'Nee, zolang ze maar op tien meter afstand van je blijven', grapte hij.

'Ik heb toch af en toe een beetje aandacht nodig', zei ze speels met een pruillip.

'Die krijg je. Maar alleen van mij.' Ze kusten elkaar passioneel.

'Een magische schnaps, die iedereen op slag verliefd maakt? Dat bestaat toch alleen in sprookjes.' Cosima was met de magische kruidenschnaps naar de hotelkamer van Philippe Octoir gegaan.

'Ik weet uit eigen ervaring wat er gebeurt als je van dat spul drinkt...' zei ze geheimzinnig.

'Sorry, maar wat is hiervan de bedoeling?' Nog niet zo lang geleden had Cosima Saalfeld Philippe uit het hotel willen laten zetten. 'En nu komt u hiermee aanzetten. Heeft uw hartstilstand u weer tot rede gebracht?'

'Ik ben hier om u een voorstel te doen', zei ze plechtig. 'Ik heb vanmiddag toevallig gehoord dat u een oogje hebt op dat Saalfeld-meisje. Lukas' vriendin.'

'Nou en?' zei hij afwerend. 'Dat is een zinloze onderneming...'

'Daarom bied ik u ook dit hulpmiddeltje aan', zei ze. 'Tast toe.' Hij staarde haar wantrouwig aan. 'Probeer het maar eens', drong ze aan. 'Maak de fles maar open.' Ze stak hem de fles schnaps toe.

'Oké, als ik u daarmee een plezier doe...' Ze keek gespannen toe hoe hij de fles opende. Meteen veranderde zijn gezichtsuitdrukking. Hij keek haar als betoverd aan.

'Cosima', zei hij hijgend. 'Waarom is het me nooit opgevallen hoe mooi, betoverend en engelachtig u bent?'

'Als ik u nu al zo goed beval, kunt u zich vast indenken wat er gebeurt als u ervan drinkt.' Ze lachte luid. Hij keek haar als in extase aan en nam dan een grote slok uit de fles.

Ook Robert wees zijn vader er die avond op dat hij André maar beter als chef-kok in dienst kon houden in deze omstandigheden. Werner bleef zich er echter tegen verzetten.

'Hij heeft alles uit zichzelf toegegeven', wierp Robert op. 'En hij heeft zich verontschuldigd.'

'Dat is wel het minste wat hij kan doen!' snauwde Werner.

'Hij heeft toch gezegd dat hij het alleen deed om je te beschermen.' Werners geduld was op.

'Begin jij nu ook al?' barstte hij uit. 'Het enige waar André opuit was, was geld. Geld, om zijn eigen zaak te beginnen. Tegen mij. Tegen ons. Hij wilde onze concurrent worden.'

'Dat was vast niet zijn bedoeling', zei Robert. 'Jullie hebben altijd al ruziegemaakt. Maar uiteindelijk komt het altijd weer goed tussen jullie. Jullie zijn toch familie.' Dat kon zijn vader niet tegenspreken. 'Waarom dan nu niet?'

'En, hebt u een kater?' Cosima en Philippe Octoir zaten de volgende ochtend samen te ontbijten op het terras van het hotel.

'Zo veel schnaps had ik niet op', zei hij verlegen.

'Genoeg schnaps voor wat anders', zei ze grijnzend.

'Ik weet niet wat me bezielde', zei hij beschaamd.

'Zo was het bij mij die ene keer ook', zei ze.

'Ik kan niet meer doen dan me nogmaals verontschuldigen.' Hij schudde het hoofd. 'Dat ik u plotseling wilde kussen...' Cosima wuifde zijn verontschuldiging weg. Ze had Philippe tenslotte zelf aangemoedigd om van de schnaps te drinken.

'Ik heb alles onder controle kunnen houden.' Ja, dat voelde hij nog aan zijn wang na de knallende oorvijg die ze hem had gegeven. 'Ik hoop dat u nu inziet wat het drankje voor u kan betekenen?'

'Als ik Sandra ervan laat drinken, zal ze verliefd op mij zijn?' vroeg hij nog altijd een beetje sceptisch. Cosima knikte. 'En dan? Ik bedoel, ik kan haar toch niet de hele tijd onder invloed houden?'

'Dat hoeft ook niet', antwoordde Lukas' moeder. 'Sandra zal u kussen. Of wie weet wat ze met u zal doen. En als mijn o zo fatsoenlijke zoon dat te weten komt... Hij zal in alle staten zijn.'

'Oké, dus dan krijgen die twee ruzie.' Tot zover had Philippe het al begrepen. 'En dan?'

'Dan speelt u de begripvolle vriend.' Cosima keek hem afkeurend aan. 'Moet ik u echt alles uitleggen?'

'Ik snap al wat u van plan bent. Ik vraag me alleen af of het zal werken. Die twee zijn zo verliefd op elkaar.' Octoir mocht ook wel wat moeite doen, vond Cosima.

'Het is het proberen waard, toch?' Philippe knikte zwijgend.

Even later bracht Philippe Sandra in de serre een boeket bloemen. Een beetje absurd, ze werd daar tenslotte al omringd door bloemen. Toch deed het haar deugd. Hij had ook een fles vruchtensap en twee glazen bij zich.

'Ik wilde je bedanken', beweerde hij. 'Omdat je een goed woordje voor me hebt gedaan bij Lukas.'

'Echt een succes kon je het toch niet noemen', antwoordde ze. 'Dat vertelde Lukas me toch.'

'Misschien heeft hij gelijk.' Ze keek hem vragend aan. 'Hij denkt dat het nooit kan gaan als we het met zijn drieën doen. Ik heb er een nachtje over geslapen en ben tot de slotsom gekomen dat hij gelijk heeft. Er zal altijd een concurrentiestrijd tussen mij en Lukas zijn. En niet alleen om jou.'

'Maar ook over wie het voor het zeggen heeft', vulde ze aan. 'Lukas heeft me verteld dat hij je heeft gezegd dat hij en hij alleen de baas is.'

'Daar zou ik me nog bij kunnen neerleggen', zei Philippe huichelachtig. 'Maar hij wantrouwt me... Dat zou voortdurend tot wrijvingen leiden.'

'Bedoel je dat je het opgeeft?' vroeg ze verbaasd. 'Hoewel je er al een filmaanbod voor hebt geweigerd?'

'Ach, er volgt vast snel een ander aanbod', antwoordde hij schouderophalend. 'Kom, laten we proosten. Proosten op jullie ecohotel. Ik hoop dat ik eens mag logeren bij jullie. En dat we vrienden blijven.' Hij schonk de glazen vol.

Cosima plande al een volgende stap in haar intrige tegen haar eigen zoon. Ze deed alsof ze het goed vond dat Lukas en Sandra naar het Reuzengebergte trokken. En ze stelde voor dat zij voor het nodige startkapitaal zou zorgen. Natuurlijk reageerde hij een beetje wantrouwig op dat bijzonder genereuze aanbod, maar ze beweerde dat er geen voorwaarden aan vasthingen. Ze vroeg hem het snel te bespreken met Sandra. En dus ging Lukas meteen op weg naar de serre.

'Nou dan... Op jou en je toekomst.' Sandra hief haar glas en proostte met Philippe. Het vruchtensap smaakte vreemd. Maar voor ze zich er vragen bij kon stellen, bekeek ze alles anders. Plotseling vond ze Philippe onweerstaanbaar mooi. Ze keek hem als betoverd aan en glimlachte lief naar hem.

Ze kon niet anders dan zich in zijn armen storten en hem passioneel kussen.

Precies op dat moment stapte Lukas de serre binnen. Geschokt keek hij naar wat er voor zijn neus gebeurde.

Terwijl ze Philippe hartstochtelijk aan het kussen was, merkte Sandra plotseling haar verbijsterde vriend op. Op slag stond ze weer met haar beide benen op de grond en ze duwde Octoir weg.

'Lukas...' fluisterde ze. Maar hij draaide zich zonder een woord te zeggen om en liep weg.

'Laat hem', zei Philippe. 'Hij overleeft het wel. Vanaf nu tellen alleen wij twee nog.' Hij wilde haar opnieuw kussen, maar ze duwde hem van zich weg.

'Blijf van me af!' riep ze van streek en schudde het hoofd. Wat deed ze hier nog? Ze moest meteen naar Lukas.

'Ik wilde dat niet! Ik weet niet hoe het is kunnen gebeuren!' Lukas wierp Sandra een boze blik toe.

'Probeer je me nu ook nog te beledigen?' vroeg hij koeltjes. 'Eerst bedrieg je me en vervolgens doe je alsof ik een idioot ben.'

'Ik heb je niet bedrogen!' riep ze wanhopig uit.

'Dat heb ik gezien', antwoordde hij sarcastisch. Als hij de serre niet was binnengekomen, wie weet wat er dan was gebeurd. 'En dat terwijl jij gisteren nog beweerde dat je alleen maar van mij houdt...'

'Dat is ook zo!' riep ze. Ze kon echt niet verklaren waarom ze Philippe had gekust. 'Ik wil helemaal niets met hem!' Natuurlijk geloofde hij geen woord van wat ze zei. Hulpeloos trok Sandra zich terug. Ze kon haar vriend wel begrijpen. Zij zou immers net hetzelfde denken als ze zag dat hij een andere vrouw kuste.

4

Rosalie had nagedacht en wilde nog een keer met Michael spreken.

'Wat ik je nu vertel, moet jij door je beroepsgeheim toch alleen voor jou houden, niet?' begon ze.

'Als het gaat om je gezondheid...' Ze knikte heftig.

'Dat is zo', bevestigde ze. 'In de ruimste zin van het woord dan toch. Het houdt verband met mijn zogezegde zelfmoordpoging... Die er dus geen was. Het was een moordpoging. Net zoals jij al dacht.' Hij had ook de juiste persoon verdacht, namelijk Cosima. 'Ik heb zelfs een schriftelijke bekentenis van haar in mijn bezit.'

'Dat kunnen we haar toch aangeven bij de politie?' Michael was plotseling heel enthousiast.

'Zo eenvoudig is het niet', toomde ze hem in. Ze biechtte op hoe ze aan die bekentenis kwam en hoe Cosima haar ervan had overtuigd er niet mee naar de politie te stappen.

'Je hebt je laten omkopen?!' Hij hapte naar adem.

'Zo kun je het stellen, ja.' Rosalie rechtte haar rug. 'Maar ik heb een voorstel voor je. We kopiëren de bekentenis en verkopen de kopie aan Cosima. De originele bekentenis geven we vervolgens aan de politie.'

'Je wilt er eerst aan verdienen en haar dan uitleveren?' Dat was inderdaad Rosalies opzet. 'Maar dat is afpersing. Dat is strafbaar.'

'Ik ben niet van plan me daarop te laten betrappen', zei ze.

'En als dat toch gebeurt?' Dan zou Rosalie net als Cosima voor de rechter moeten verschijnen.

'We zullen het zo aanpakken dat het niet gebeurt', verkondigde ze vastbesloten. 'Cosima heeft me bijna vermoord. Door haar heb ik zo lang in coma gelegen. Ik heb er niets aan dat ze gewoon haar verdiende straf krijgt.' Rosalie wilde haar vijand treffen waar het het meeste pijn deed, haar bankrekening. 'Ik wil smartengeld! Ik heb er recht op!' Michael merkte dat ze niet meer van haar plan af te brengen was.

'Goed, als het niet anders kan...' Hij ging met tegenzin op Rosalies voorstel in. 'Het is belangrijk voor me dat de dood van mijn vader wordt bestraft...'

Werner en André stonden in de privéwoning van de Saalfelds en maakten alweer ruzie. Werner had zijn broer namelijk net neerbuigend meegedeeld dat hij aan het werk mocht blijven in het Fürstenhof. En André eiste dat hij nooit meer uit de hoogte wilde worden behandeld.

De twee heethoofden werden onderbroken door een hotelbediende die een brief voor Werner bracht. Op de envelop stond geen afzender. Werner opende de envelop en haalde een foto tevoorschijn met daarop een met bloed bevlekte jas. Er zat een briefje bij met daarop: 'Met de vriendelijke groeten van Paul Wielander'. Lijkbleek staarde Werner naar de foto. Dat was zijn jas! Hij had hem ooit aan Barbara gegeven en zij had hem beloofd de jas met daarop bloed van de dode Wielander te doen verdwijnen. Dat had ze dus duidelijk niet gedaan. En nu probeerde ze hiermee Werner onder druk te zetten.

'Met de vriendelijke groeten van Paul Wielander?' las André hardop voor en hij keek verbaasd naar de foto van de jas. Werner staarde somber voor zich uit. 'Is dit weer een van je geheimpjes?' Werner rukte de foto uit zijn hand.

'Die jas droeg ik toen ik Wielander aantrof', legde hij somber uit. André reageerde verrast. Had Werner de dode Wielander nog voor Emma gevonden? 'Wat moest ik dan doen?' wierp Werner verdedigend op.

'En dat bloed dan?' drong André aan.

'Ik heb me over hem heen gebogen, waarschijnlijk heb ik hem met mijn jas aangeraakt', antwoordde Werner. 'In elk geval wilde Barbara de jas laten verdwijnen...' Maar nu bleek dat ze dat niet had gedaan. Als die foto in handen van de politie viel, zou die er snel achter komen dat Werner bij Wielander was geweest.

'En je had een motief om de man om te brengen', stelde André vast.

'Dat vind je weer leuk, toch?' snauwde zijn broer.

'Nee, maar het toont wel aan dat je geen haar beter bent dan ik', zei André. Zastrow en Barbara hadden Werner al net zo in hun macht als André.

'Ik weet het', mopperde Werner. 'Maar ik zal hen onder handen nemen!'

'Doe geen domme dingen', zei André waarschuwend. 'Die kerel trekt altijd aan het langste eind.'

'Dat jij je zo snel bang laat maken, moet je zelf weten. Ik ben niet zo snel onder de indruk.' Werner liep vastberaden de deur uit.

Hij trof Götz aan op het terras van het hotel. Woedend gooide hij de foto voor de advocaat op de tafel. Götz grijnsde.

'Wat denkt u dat de politie zal denken als ze de jas in handen krijgen?' vroeg Götz. 'En ontdekken van wie het bloed erop is?'

'U geeft dus toe dat u me wilt afpersen?' snauwde Werner.

'U had toch een geweldig motief om uw rivaal uit de weg te ruimen?' ging Götz onverstoord voort. 'Wielander wilde zijn vrouw zo graag terug. En dat beviel u uiteraard niet.'

'Dat zijn oude koeien', bromde Werner.

'Maar wel interessante', meende Zastrow hautain. 'Want we kunnen gemakkelijk aantonen dat u wist dat Wielanders Sylvia uw ex-vrouw was.'

'Ik laat me niet afpersen!' bulderde Werner. 'Niet door u en niet door Barbara!'

'Ach, een man met principes', zei de advocaat spottend. 'Eens zien of u morgen ook zo volhardend zult zijn. Ik zal u namelijk nog een keer oproepen als getuige. De uitnodiging zal vandaag bij de post zitten.' Werner slikte. 'Als ik u was...' Götz laste een dramatische stilte in. 'Ik zou een beetje beter meewerken en nog eens goed nadenken over de gebeurtenissen op de berg.'

'Natuurlijk heb ik niets in je drankje gedaan. Waarom zou ik dat doen?' Sandra was naar Philippes hotelkamer gegaan om erachter te komen wat er precies was gebeurd. 'Ik begrijp dat je van streek bent', zei hij huichelachtig. 'Denk vooral niet dat ik er blij om ben. Lukas is tenslotte mijn vriend. Maar aan gevoelens kun je niets veranderen. Jij niet en ik niet.'

'Het sap smaakte vreemd', drong ze aan. 'Waar is het?'

'Ik heb de fles leeggedronken', loog Philippe. 'En ik heb geen bijwerkingen gevoeld.' Hij liep naar haar toe. 'Dat wil zeggen, ik wil je nog altijd kussen. Maar dat heeft niets met het drankje te maken.' Hij wilde haar tegen zich aan trekken, maar ze duwde hem van zich af.

'Begrijp je het nog altijd niet?!' riep ze boos. 'Ik houd van Lukas! Ik weet niet wat me daarstraks bezielde, maar ik wilde het niet. Begrepen?'

'Als je eerlijk bent, weet je dat je jezelf alleen maar iets wijsmaakt', zei Philippe. 'Jij wilt mij net zo erg als ik jou wil.'

'Je bent gek!' Woedend stormde ze de kamer uit. Octoir was ontgoocheld. Hij had meer verwacht van deze ontmoeting. Maar hij bleef hoop koesteren.

Hoe kon ze Lukas duidelijk maken dat ze zelf niet wist waarom ze Philippe had gekust? Sandra was radeloos. Tot haar grote verrassing leverde Robert haar de oplossing. Ze zag er namelijk zo bedroefd uit dat haar halfbroer vroeg wat er aan de hand was. Ze biechtte hem op dat ze een andere man had gekust, zonder het zelf te willen.

'Het leek wel of hij me een of ander middeltje had toegediend', zei ze hakkelend. 'Ik had mezelf niet meer onder controle... Het leek wel of ik dat geheimzinnige liefdesdrankje had gedronken.'

'Wat een onzin', lachte Robert, maar toen herinnerde hij zich plotseling wat er de avond ervoor in het restaurant was gebeurd. Cosima Zastrow had het flesje met de magische kruidenschnaps van Eva Krendlinger gekocht...

Lukas vertelde ondertussen Simon wat er was gebeurd.

'Sandra beweert nu dat ze het niet wilde', zei hij spottend op boze toon. 'Ze weet plotseling niet meer waarom ze Philippe heeft gekust.'

'Maar ze deed het wel?' Simon keek verbaasd op. Hij kende zijn nicht veel te goed om te geloven dat ze een andere man zou kussen. Dat paste niet bij haar. Maar zijn vader had hem verteld wat er was gebeurd nadat hij en Cosima van de 'magische kruidenschnaps' hadden gedronken. Zou het kunnen dat Sandra daarvan had gedronken, zonder het te weten?

Sandra sprak met Eva in de personeelskamer. Ze bevestigde wat Robert haar had verteld.

'Ik ben er zeker van dat Philippe en Cosima iets bekokstoven.' Sandra voelde een vlaag van woede in haar opkomen. 'Als ze de fles pas gisteren van u heeft gekregen, dan kan die nog niet leeg zijn.' Ze vroeg Eva om Cosima te vragen het drankje terug te geven. Maar Eva weigerde.

'Ten eerste geloof ik niet in dat toverdrankje,' zei ze, 'en ten tweede begrijp ik dat u mevrouw Saalfeld wantrouwt. Uw relatie met haar is blijkbaar niet goed. Maar ik mag haar. En ik wil haar vertrouwen niet schaden.' Sandra zag er ontgoocheld uit. 'Het spijt me.' Maar Eva had wel een ander idee. 'Waarom test u die Octoir niet nog eens?' stelde ze voor. 'Spreek met hem af om samen iets te drinken. En als hij toehapt, ziet u wat hij u te drinken geeft.'

'Je ex-man is een harde noot om te kraken.' Götz was er nog lang niet zeker van dat Werner Saalfeld onder de druk zou bezwijken en zijn verklaring zou intrekken. Het was wel het laatste wat Barbara wilde horen.

'Ik had beter zelf met Werner gepraat!' zei ze beschuldigend. 'In tegenstelling tot jij weet ik namelijk wel hoe ik hem moet aanpakken.'

'Dat geloof ik graag.' De advocaat was beledigd en stak dat niet onder stoelen of banken. 'Het probleem is dat hij niet eens met je zou willen praten. Ik weet niet of je het hebt gemerkt, maar je ex-man haat je als de pest!'

'Dat weet ik zelf ook wel', gaf ze nors toe, maar dacht toen even diep na. 'Denk je dat hij het risico neemt om voor Pauls dood op te draaien en de gevangenis in te gaan? Alleen maar om mij achter de tralies te houden?' Götz haalde zijn schouders op.

'Hij wil wraak op je nemen', vatte hij eenvoudigweg samen. 'En hij is helaas niet dom. Hij weet maar al te goed dat wij de zaak-Wielander ook niet graag ter sprake brengen. Als hij morgen zijn verklaring niet wijzigt, ziet het er helaas heel slecht uit voor je.'

Werner zat boos voor zich uit te staren in het restaurant. Dat zijn broer ongevraagd naast hem plaatsnam, fleurde hem niet meteen op.

'Wat wil je?' vroeg hij nukkig.

'Denk je niet dat we de strijdbijl zo langzamerhand kunnen begraven?' antwoordde André. Werner zweeg. Hij vond het al erg genoeg dat hij André in dienst moest houden. 'Wil je deze kwestie echt in je eentje doorstaan?' ging de chef-kok voort. 'Dat lukt je nooit.'

'Alsof jij een grote hulp zou zijn', merkte Werner minachtend op.

'Ik sta aan jouw kant', beweerde zijn broer. 'Ook al wil je dat voorlopig nog niet inzien.' Werner had hier absoluut geen zin in, maar hij besefte dat hij in deze situatie wel een bondgenoot kon gebruiken. 'Vrede?' Werner knikte, maar weigerde André een hand te geven.

'Denk maar niet dat ik vergeet wat je me hebt aangedaan', zei hij verbitterd. 'Maar op dit moment kan ik alle steun gebruiken.'

'Hallo...' Die avond bracht Sandra Philippe een bezoekje in zijn hotelkamer en ze deed alsof ze verlegen was. Philippe nodigde haar uit om binnen te komen.

'Weet Lukas dat je hier bent?' vroeg hij. Sandra ontkende.

'Het is beter dat hij het niet weet', fluisterde ze. 'Hij speelt graag de baas over me. Je kent hem.' Philippe kon zijn oren niet geloven. En hij rook zijn kans. 'Ik wil me bij je verontschuldigen', ging Sandra voort. 'Omdat ik je ervan beschuldigde dat je iets in mijn drankje had gedaan. Ik bedoel, zelfs als het zo was... Ik vond het resultaat best prettig...'

'Ik ook', antwoordde hij hees. 'Maar er zat niets in je drankje.' Hij liep naar haar toe en glimlachte innemend. 'Wij horen gewoon bij elkaar. We kunnen ons daartegen niet verzetten. En dat mogen we ook niet doen. Laat het gewoon gebeuren.'

'Niet nu', zei ze toen hij haar wilde omhelzen. Ze beweerde dat ze zich nog slecht voelde door de ruzie met Lukas. 'We zullen morgen afspreken, is dat goed?' Dolblij stemde Philippe ermee in.

Michael en Rosalie bleven de halve nacht wakker en probeerden Cosima's handschrift na te bootsen. Maar dat was niet eenvoudig. Konden ze de bekentenis maar gewoon kopiëren, maar dat zou Cosima natuurlijk meteen doorhebben. Ze moesten de bekentenis vervalsen. Letter voor letter. Rosalies hotelkamer was bezaaid met mislukte pogingen tot het vervalsen. Tot nu toe was geen enkele poging goed genoeg om te kunnen gebruiken. Op een bepaald moment viel Michael uitgeput in slaap.

Hildegard bracht de volgende ochtend ontbijt naar Rosalies kamer en schrok zich een hoedje toen ze zag dat dokter Niederbühl er de nacht had doorgebracht.

'Dit... Dit is niet wat het lijkt', stamelde Michael een beetje onbeholpen. Maar Hildegard merkte nog wat op, namelijk talloze bladen waarop telkens geschreven stond: 'Ik, Cosima Saalfeld, beken...' Rosalie beweerde snel dat ze een boek wilde schrijven over alles wat haar was overkomen, maar Hildegard geloofde er niets van.

'Die werkschuwe vrouw schrijft toch geen boek', zei ze tegen haar man nadat ze hem had verteld wat ze had gezien in Rosalies kamer. 'Ik, Cosima Saalfeld, beken...' Ze snoof. Zo begon men een boek niet.

'Waarom niet?' bracht Alfons ertegenin. 'Misschien schrijft ze vanuit het standpunt van de slechterik?'

'Onzin!' Hildegard rolde met haar ogen. 'Ik ben er zeker van dat Rosalie iets van plan is.'

'En ik denk dat iedereen hier stilaan gek wordt', antwoordde hij. 'Geen wonder met al die slechte berichten uit de rechtszaal.'

'Is er nieuws?' vroeg Hildegard bezorgd. Hij ontkende.

'Het wordt tijd dat die Von Heidenberg achter slot en grendel zit', zei hij alleen maar. 'Daar hoort ze thuis. En ik bedoel voor altijd.' Pas dan kon de rust terugkeren op het Fürstenhof.

5

Philippe klopte aan bij Cosima. Hij had nog wat 'magische kruidenschnaps' nodig.

'Wat hebt u gedaan met de schnaps die ik u gisteren gaf?' vroeg ze grijnzend.

'Sandra heeft die opgedronken', antwoordde hij. 'Ik had het gemengd met vruchtensap. Net zoals we hadden afgesproken.'

'En? Werkte het niet?'

'Jawel, heel snel zelfs...' Octoir grijnsde. 'Maar Lukas kwam te vroeg. In elk geval is Sandra gisteravond nog bij me langs geweest. Ik weet niet of ik dat aan het liefdesdrankje heb te danken, maar ze wil me in elk geval zien vandaag. Alleen.'

'Waarom hebt u mijn schnaps dan nog nodig?' vroeg Cosima zelfgenoegzaam. 'Dat snolletje lijkt zo ook al toe te happen.'

'Ja, maar...' Philippe speelde liever op zeker. Lukas' moeder kon hem geen ongelijk geven. Ze gaf hem opnieuw een beetje van de schnaps.

'Maar ditmaal wil ik meteen weten of het werkt', zei ze nog.

'Kom je nu?' drong Simon aan toen Lukas aan zijn bureau bleef zitten.

'Hoe vaak nog?' bromde hij. 'Ik geloof niet in sprookjes.' Sandra had de vorige dag Simons hulp ingeroepen voor haar plan. Hij dacht er dus niet aan het zomaar op te geven.

'Wil je weten wat er is gebeurd tussen Sandra en Octoir of niet?' drong hij aan.

'Daarvoor heb ik jullie verdomde spelletjes niet nodig.' Lukas had toch met zijn eigen ogen gezien wat er aan de hand was. 'Hij heeft haar niet gedwongen hem te kussen.'

'Dat is het hem nu net', zei Simon. 'Als Sandra ook maar iets voor je betekent, kom dan eindelijk uit die stoel en volg me. Laat haar nu niet in de steek. Ze doet er net alles aan om je te bewijzen dat het gisteren niets te betekenen had.'

'Je hebt geen idee hoe diep ze me heeft gekwetst', zei Lukas bedroefd.

'Je vergist je', antwoordde Simon. 'En Sandra weet het ook maar al te goed. Ze heeft het namelijk wekenlang moeten verdragen van jou met Rosalie. En jij bent uiteindelijk zelfs met Rosalie gehuwd. En je hebt haar voor Sandra's neus ten huwelijk gevraagd.'

'Oké, ik heb het begrepen.' Ontstemd volgde Lukas Sandra's neef.

Sandra had met Philippe afgesproken in het prieel in het park. Ze deed haar best zo ontspannen mogelijk naar hem te glimlachen.

'Ik heb de halve nacht geen oog dichtgedaan', begroette hij haar flirtend.

'Omdat je je zo verheugde op onze afspraak vandaag?' antwoordde ze koket.

'Vooral daarom', antwoordde hij. 'Maar ook omdat ik heb nagedacht over wat er gisteren is gebeurd in de serre. Er leek een vonk tussen ons over te springen. Alsof er iets voorbestemds gebeurde, iets waartegen men zich niet kan verzetten...'

'Mogelijk dankzij een of andere liefdesdrug', merkte ze brutaal op. 'Maar wat dan nog. Het maakt voor mij niets uit. Daarvoor was het veel te mooi.'

'Je gelooft dus niet langer in die theorie van de magische drank?' vroeg hij hoopvol.

'Ik zeg het je toch, zelfs als het zo was...' Ze haalde haar schouders op.

'Ik hoef je dus niets te bewijzen?' Hij haalde een fles vruchtensap tevoorschijn en stak ze haar toe. 'Drink. Dan zul je zien dat het niets met het vruchtensap te maken heeft. Het is wat anders. Aantrekkingskracht, passie, verlangen... Als twee mensen bij elkaar horen, kan er van alles gebeuren.'

'Dat klopt!' Geschrokken draaide Philippe zich om. Simon en Lukas doken uit de struiken op. 'Hierop had u niet gerekend, toch?!' riep Simon. Octoir zat in de val. Maar hij probeerde zich eruit te praten door de tegenaanval in te zetten.

'Mag ik vragen wat dit te betekenen heeft?'

'Ik wil gewoon zien wat mijn vriend met mijn vriendin te bekokstoven heeft.'

'Deze ontmoeting was Sandra's idee, niet het mijne!' verdedigde Philippe zich. 'Zeg het hem dan!' Ze keek hem alleen maar koeltjes aan. 'Wat moet dit?!' riep hij boos. 'Zeg Lukas dan dat het zo is!' Sandra stak hem de fles toe.

'Drink!' zei ze dwingend.

'Ik heb geen dorst', zei hij afwerend.

'Waarvoor ben je bang? Dat je ons alle drie tegelijk liefdevol wilt omhelzen?' Hij keek verward van de ene naar de andere.

'Hou op met die onzin!' riep hij toen.

'Als het toch onzin is, drink dan van het vruchtensap', zei Simon.

'We zullen zien of je dan nog zo cool bent', vulde Sandra aan. Philippe nam de fles en zette ze aan zijn mond. Toen bedacht hij zich.

'Ja, oké, er zitten een paar druppels van dat spul in', gaf hij gekweld toe.

'Jij, verdomde klootzak!' Lukas wilde hem het liefst van al een mep verkopen.

'Maar dat heeft niets met gisteren te maken', beweerde Philippe en hij richtte zich weer tot Sandra. 'Zeg hem dan toch dat je verliefd op me bent!'

'Van mijn leven niet!' antwoordde ze ijzig.

'En hoe kom jij aan dat spul?' vroeg Simon nieuwsgierig. Octoir wist dat het spelletje uit was. Hij kon net zo goed meteen de waarheid vertellen.

'Van Lukas' moeder. Het was haar idee. Ze dwong me er bijna toe.' Lukas luisterde met open mond. Cosima? Zijn eigen moeder voerde alweer een intrige tegen hem uit.

'Gelieve meneer Octoirs rekening te maken', zei Lukas even later tegen de verbaasde Alfons. 'En als hij binnen een uur nog niet is vertrokken, belt u de politie. Hij zet hier geen voet meer binnen.'

Werner had een zware nacht achter de rug. Het was in deze omstandigheden niet gemakkelijk het hoofd koel te houden. Barbara en Götz Zastrow hadden hem in hun macht door de met bloed bevlekte jas. Als ze die jas als bewijsstuk overmaakten aan het gerecht, was het mogelijk dat Werner onschuldig de gevangenis in vloog. Maar als hij toegaf en zijn verklaring wijzigde, kwam Barbara misschien vrij. Dat kon hij niet over zijn hart krijgen!

'Ik wil het nog een keer over de gebeurtenissen op de berg hebben.' Götz had Werner opnieuw opgeroepen als getuige. 'Als u nog eens goed nadenkt, is het dan echt gebeurd zoals u ons de eerste keer hebt verteld?' Werner slikte en wierp heimelijk een blik op Barbara. 'Kunt u met absolute zekerheid bevestigen dat mijn cliënte uw zoon Robert van achteren wilde neerslaan?' Charlotte begon zich af te vragen waarom het zo lang duurde voor haar ex-man antwoord gaf. En ook Robert keek zijn vader ongeduldig aan. 'Meneer Saalfeld, mag ik u eraan herinneren dat u onder ede staat?' voegde Götz er nog aan toe.

Werner aarzelde nog heel even en rechtte dan zijn rug.

'Ik heb niets toe te voegen aan mijn eerdere verklaring', zei hij. 'Barbara von Heidenberg heeft geprobeerd mijn zoon te doden.' Barbara's adem stokte. Hierop hadden zij en haar advocaat niet gerekend.

'Bent u daar heel zeker van?' drong Zastrow aan.

'Ze wilde voorkomen dat Robert Miriam kon redden', zei Werner. 'Ze moesten allebei sterven.' Götz kon zichzelf amper beheersen, zo razend was hij. Maar hij kon er op dat moment niets aan veranderen. Alweer een punt voor de Saalfelds.

'Je had Werner meer onder druk moeten zetten!' Barbara spuwde haar gal toen ze weer in de gevangenis waren. 'Ik dacht dat jij wist wat je deed.'

'Afpersing werkt niet altijd', zuchtte Götz.

'Je moet die jas aan de politie geven', zei ze. Maar dat leek hem geen goed idee. 'Wat is er toch met je aan de hand? Ik dacht dat je mij hieruit wilde krijgen?'

'Dat zal ik ook doen', verzekerde hij haar. 'Maar om die Wielanderzaak weer op te rakelen... Ik denk dat je vooral jezelf daarmee schade toebrengt...'

'Zijn bloed zit op Werners jas', zei ze. 'Er zijn geen bewijzen tegen mij.' Toch vond Götz het te riskant.

'Als je met nog een moord in verband wordt gebracht, kan dat je weleens de das omdoen', zei hij waarschuwend.

'Wat stel je dan voor?' vroeg ze.

'Alles hangt af van mijn pleidooi', antwoordde hij. 'Ik moet de rechter overtuigen.' Maar ze beseften allebei dat ze weinig kans maakten.

Sandra bedankte Eva Krendlinger hartelijk. Het was tenslotte haar idee geweest om Philippe in de val te lokken en Lukas zo te bewijzen dat Sandra echt niets kon doen aan die noodlottige kus in de serre. Eva kon niet geloven dat Cosima hierachter zat.

'Mevrouw Saalfeld is altijd vriendelijk tegen me', zei ze.

'Lukas en mij maakt ze het leven zuur', zuchtte Sandra.

'Misschien is ze bang om Lukas te verliezen en klampt ze zich daarom zo aan hem vast', dacht Eva hardop. 'Ze heeft tenslotte haar oudste zoon al verloren...'

'Denkt u dat ze zo is geworden door Markus' dood?' Eva kon zich dat wel voorstellen. Ook zij had van Markus gehouden en ook zij had heel erg onder zijn dood geleden. Maar als moeder was het vast nog veel erger.

'Mevrouw Saalfeld is het misschien nooit te boven gekomen', vermoedde ze.

'Maar het is niet eerlijk om Lukas daarvoor te laten boeten', vond Sandra. Eva haalde haar schouders op. Ze kon de situatie niet goed inschatten, daarom hield ze zich er liever buiten.

Het was amper te geloven dat Cosima Saalfeld tegenover andere mensen wel vriendelijk kon zijn, dacht Sandra nadat ze afscheid had genomen van Eva. Maar goed, Lukas had in elk geval Philippes bekentenis gehoord en geloofde haar weer. Gelukkig zouden ze hier binnenkort weg zijn. Dan hadden ze hun eigen hotel in het Reuzengebergte. Niemand zou zich dan nog met hun leven kunnen bemoeien.

'Jij en je eeuwige intriges! Ik ben het beu!' Woedend stond Lukas voor zijn moeder. Die was net aan het praten met Götz, die zijn beklag deed over de tegenslag die hij die dag in de rechtbank had gehad. 'Jij hebt Philippe die schnaps gegeven, zodat hij Sandra gemakkelijk kon versieren!' ging Lukas boos voort.

'Heeft Sandra je bedrogen?' vroeg zijn vader geërgerd.

'Nee, dat heeft ze niet! Maar het was wel de bedoeling dat ik dat dacht! Iedereen die van dat duivelse drankje drinkt, wordt verliefd op de eerste persoon die hij of zij ziet.' Hij keek Cosima met een blik vol haat aan. 'En jij wist dat!' Ze deed alsof ze niet wist waarover hij het had. 'Het is vreselijk om in jouw buurt te moeten leven', ging hij totaal van streek voort. 'Ik kan amper wachten tot Sandra en ik hier kunnen vertrekken.'

'Als je het over die ruïne in het Reuzengebergte hebt, dat zie je toch zo dat een hotel daar meteen failliet is', zei ze spottend.

'Jij gaat ooit ten onder aan je eigen kwaadaardigheid', siste hij. Ze greep theatraal naar haar hart.

'Lukas, zo is het genoeg geweest', maande Götz. 'Denk aan je moeders hart.'

'Ja, natuurlijk', zei zijn zoon spottend. 'Die arme vrouw moet echt worden ontzien.' Hij draaide zich om en stormde de kamer uit.

'Vroeg of laat zal hij inzien dat je alleen maar het beste voor hem wilt', zei Götz tegen zijn vrouw.

'Hij doet alles wat Sandra wil', sprak Cosima hem tegen. 'Hij is aan dat meisje overgeleverd. En ze is niet de juiste vrouw voor hem!'

'Je zult hem echter niet kunnen overtuigen met je intriges', wierp hij op. 'Je ziet toch dat Lukas je die alleen maar kwalijk neemt.' Maar Götz was vooral geïnteresseerd in dat liefdesdrankje. 'Hoeveel heb je daar nog van?' Ze keek hem geïrriteerd aan. 'Denk toch eens aan de vele eenzame zielen op deze wereld. Je zou er goede zaken mee kunnen doen.'

'En heel rijk kunnen worden?!' vulde ze bits aan. Hij knikte. 'Voor een man die niet lang meer te leven heeft, heb jij nog veel toekomstplannen.' Hij begreep dat hij zich bijna had verraden en nam onmiddellijk gas terug.

'Ik heb het toch niet over mij, maar over jou', loog hij snel. 'Ik wil dat je niets tekortkomt.' Ze wist niet of ze haar man kon geloven.

Bedroefd zat Cosima in het restaurant. Eva zag haar.

'Gaat het niet goed met u?' vroeg ze.

'Ik heb ruzie met mijn zoon', antwoordde Lukas' moeder en ze zuchtte.

'Door die schnapskwestie?' Cosima trok haar wenkbrauwen op. Wat wist Eva daarvan? 'Is het waar dat u die liefdesschnaps aan meneer Octoir hebt gegeven, zodat hij Sandra kon verleiden?'

'Er bestaat helemaal niet zoiets als een liefdesschnaps', loog Cosima. 'Dat is verzonnen.'

'Maar...' Cosima liet Eva niet uitpraten.

'Geen gemaar!' riep ze. 'Hebt u er dan van gedronken?' Mevrouw Krendlinger schudde het hoofd. Sandra had de rest van het vruchtensap waarin de schnaps zou hebben gezeten, weggegooid. 'Ik kan u vertellen waarom ze dat deed', zei Cosima snuivend. 'Zodat Lukas en wij al die leugens geloven. En het werkt nog ook. Mijn zoon beweert liever dat ik iets kwaadaardigs heb gedaan dan dat hij toegeeft dat zijn vriendin hem heeft bedrogen.'

'Maar Sandra houdt van uw zoon', zei Eva sceptisch. 'Ze zou hem nooit bedriegen.'

'U denkt dus ook dat ik schuldig ben?' De tranen sprongen Cosima in de ogen, louter uit zelfmedelijden. 'Dan is mijn schoondochter duidelijk in haar opzet geslaagd.' Bedroefd keek Eva haar aan. Dan stelde ze voor samen een wandeling in het park te maken, zodat Lukas' moeder een beetje kon kalmeren.

'Het spijt me dat ik mezelf daarnet even niet meer onder controle had.' Cosima had ondertussen haar zelfbeheersing teruggevonden. 'Ik ben doorgaans niet zo huilerig.'

'Misschien wordt het u allemaal wat te veel?' vroeg Eva voorzichtig. Cosima knikte ongelukkig.

'Ik had onlangs een hartstilstand', zei ze. 'De arts raadt me een pacemaker aan, maar ik kan me er niet bij neerleggen.'

'Voor zover ik weet, is dat tegenwoordig geen complexe ingreep meer', probeerde Eva haar gerust te stellen. 'U hoeft er niet bang voor te zijn.'

'Ik heb geen keuze.' Maar op dit moment voelde Cosima zich absoluut niet sterk genoeg voor een operatie. 'Bovendien heb ik niet te klagen. Met mijn man gaat het veel slechter. Hij heeft leverkanker.' Dat wist Eva nog niet.

'Het spijt me vreselijk', zei ze oprecht medelevend.

'Götz was al ziek toen hij in het Fürstenhof aankwam', vertelde Lukas' moeder. 'Hij heeft nog maar een paar maanden te leven.'

'Dat zou je niet zeggen.' Eva keek haar verbaasd aan. 'Een van mijn vrienden is gestorven aan leverkanker. De laatste maanden voor zijn dood was hij sterk verzwakt en heel mager. Hij kon amper de dag doorkomen.' Cosima werd steeds nerveuzer. 'Uw man heeft geluk dat hij zich nog zo goed voelt. Dat is heel uitzonderlijk.' Cosima's hersenen werkten op volle toeren. Hoe zat het ook weer met die zogezegde morfinetabletten die pepermuntjes bleken te zijn? Götz had beweerd dat Werner Saalfeld zijn tabletten had vervangen door pepermuntjes. Maar stel dat de waarheid heel anders luidde?

'Zeg me nu maar eens welke de originele en welke de valse is!' Rosalie was heel opgewonden. Eindelijk was ze erin geslaagd Cosima's bekentenis zo over te schrijven dat niemand het verschil zou zien. Ze had meteen een paar vervalsingen gemaakt.

'Je hebt echt talent', stelde Michael vast en hij kon niet zeggen welke bekentenis de echte was. Maar toen beseften ze tot hun grote ontsteltenis dat ook Rosalie niet meer wist welke bekentenis de originele was. 'Zonder de echte bekentenis kunnen we het vergeten om klacht in te dienen bij de politie!' schold Michael. Rosalie dacht koortsachtig na. Ze stelde voor de hulp van een grafoloog in te schakelen. Maar daarvoor hadden ze een handgeschreven tekst van Cosima nodig. Gelukkig was dat geen probleem. In het kantoor lag het vol briefjes van Cosima.

Cosima had enkele grote glasscherven in de badkamer gelegd. Haar plan liep zoals ze het wilde. Niet veel later hoorde ze Götz tot in de woonkamer een kreet van pijn slaken. Hij was met zijn blote voet in een glasscherf getrapt en nu hing alles onder het bloed. Ze deed alsof ze zich schuldig voelde en beweerde dat ze een glas had laten vallen. Ze was vergeten de scherven op te ruimen. Razend ging Götz op weg naar dokter Niederbühl om zijn voet te laten verzorgen. Zo kon Cosima in alle rust het bloed op de badkamervloer opzuigen met een injectiespuit. Het was voldoende voor een laboratoriumonderzoek.

Sandra had in Lukas' woning een romantisch avondje voorbereid.

'Ik wilde jou net uitnodigen voor een etentje', zei haar vriend en hij toverde een rode roos vanachter zijn rug tevoorschijn. 'Kun je me vergeven?'

'Daarover moet ik nog eens goed nadenken', zei ze liefdevol en glimlachte naar hem.

'Het spijt me', verontschuldigde hij zich nogmaals. 'Ik had je moeten vertrouwen.'

'Hoe kon je ook maar denken dat ik iets met Philippe zou beginnen?!' verweet ze hem. Hij haalde hulpeloos zijn schouders op. Hij had hen nu eenmaal zien kussen en dat had hem diep gekwetst. 'Ik wil die bedrieger hier in geen geval meer zien.'

'Dat zal ook niet gebeuren', verzekerde Lukas haar. 'Hij is vertrokken en mag hier nooit nog een voet binnenzetten.' Ze keken elkaar diep in de ogen. 'Maar je hebt mijn vraag nog niet beantwoord. Kun je het me vergeven?'

'Natuurlijk', fluisterde ze zacht en ze vielen elkaar in de armen. Niets of niemand op de hele wereld kon hen uit elkaar drijven. Dat stond als een paal boven water.

6

’s Ochtends had niemand in de woning van de Saalfelds honger. Vandaag was de laatste dag van het proces tegen Barbara. Het vonnis zou worden geveld. Over de jas was niet meer gesproken en Werner hoopte dat Zastrow dat ook vandaag niet zou doen. Maar hij hoopte vooral dat Barbara veroordeeld zou worden.

‘We mogen die Zastrow niet onderschatten’, zuchtte hij. ‘Als ik eraan denk hoe hij jullie om de vinger heeft gewonden...’ Hij keek Robert en André verwijtend aan. Maar Robert smeekte hem nu geen ruzie te maken. Ook Charlotte legde haar hand op haar ex-mans arm om hem tot kalmte aan te manen.

‘Je mag nu je zelfbeheersing niet verliezen’, zei ze. ‘Dokter Brunner was in zijn beoordeling van Barbara heel duidelijk. Het gerecht moet daarmee rekening houden. Hij heeft letterlijk gezegd dat Barbara tot moord in staat is.’ Ze moest gewoonweg worden veroordeeld.

Cosima telefoneerde met het laboratorium waarnaartoe ze het bloedstaal van haar man had gestuurd. Ze zouden de resultaten pas ’s middags hebben. Ze was van plan geweest met Götz mee te gaan naar het proces, maar nu veranderde ze haar plannen.

'Je zei toch dat mijn jaloezie je nerveus maakt', zei ze. 'Ik wil het je niet nog moeilijker maken.'

'O, dat is zo lief van je', antwoordde hij gespeeld ontroerd. 'Maar het zou nog fijner zijn als je je jaloezie kon overwinnen.'

'Dat is niet zo eenvoudig...' zei ze zacht.

'Je maakt het jezelf onnodig moeilijk en dat weet je.' Hij nam afscheid met een kus op haar wang en greep zijn aktetas. Hij was duidelijk opgewonden. Dat hij met zijn gekwetste voet amper in zijn schoen kon, maakte het er niet beter op. Hij had de deur nog maar net achter zich dichtgetrokken, of Cosima's gezicht betrok.

Götz Zastrow had er de laatste tijd op aangedrongen dat Ben afstand hield van zijn moeder. Maar vandaag kon niets of niemand Ben tegenhouden Barbara nog een keer te bezoeken in de ziekenboeg. Hij had een talisman meegebracht voor haar en ze bedankte hem daar ontroerd voor.

'Het is het enige wat ik voor je kan doen', zei hij hulpeloos.

'Je hebt al veel meer voor me gedaan dan ik had durven dromen', antwoordde zijn moeder. 'Je hebt me vergeven.'

'Ik vind het nog altijd vreselijk wat je hebt gedaan', antwoordde hij schor. 'Maar... Je hebt er nu genoeg voor geboet.'

'Denk je dat de rechter daar ook zo over denkt?' Haar stem klonk gekweld.

'In het ergste geval krijg je denk ik tien jaar', vreesde hij. 'Misschien nog meer.' Ze slikte, maar keek haar zoon dan dapper aan.

'Kijk me aan, Ben.' Hij deed wat ze vroeg. 'Ik beloof je één ding. Hoe het vonnis ook luidt, één ding zal niet gebeuren: de Saalfelds mogen niet triomferen.'

‘Daarom gaat het toch helemaal niet’, zei hij afwerend.

‘Ik wil niet dat ze me met de vinger wijzen’, zei ze. ‘Ik heb al veel ergere dingen dan dit proces meegemaakt. Altijd heb ik een oplossing gevonden. Aan die gedachte trek ik me op.’

Georg Rosenberg hield als eerste zijn pleidooi.

‘Het verhaal dat de beklaagde hier te berde heeft gebracht, had slechts één doel, namelijk de feiten verdraaien.’ De openbare aanklager laste een stilte in, zodat zijn woorden goed tot iedereen konden doordringen. ‘En ook haar advocaat wil ons doen geloven dat Barbara von Heidenberg het slachtoffer was van een tragische samenloop van omstandigheden en boosaardige plannen. Samen hopen ze dat we de echte slachtoffers zullen bekijken als koelbloedige daders. Maar zijn plannen zijn zo doorzichtig en staan bovendien haaks op de uitspraken van de getuigen, aan wier geloofwaardigheid we niet hoeven te twijfelen.’ Barbara wierp Götz een sombere blik toe, maar die bleef Rosenberg strak aankijken en liet zich niet afleiden. ‘En dan was er nog het psychiatrische verslag van dokter Brunner’, ging de openbare aanklager voort. ‘Hij beschreef de beklaagde als een uiterst agressief persoon. Van doorslaggevend belang is echter dat Barbara von Heidenberg tegenover Werner Saalfeld de moord op haar eerste echtgenoot, Wolfgang von Heidenberg, heeft toegegeven. Want daaruit kunnen we een duidelijk motief afleiden. Barbara von Heidenberg wilde Werner Saalfeld doden, zodat ze zichzelf niet hoefde aan te geven voor die eerste daad. In haar poging dat voor elkaar te krijgen, pleegde de beklaagde nog twee moordpogingen, namelijk op haar stiefdochter Miriam en op Robert Saalfeld.’ Rosenberg beschuldigde Barbara van drievoudige poging tot moord. Daarbovenop kwamen twee gevallen van vrijheidsberoving, die onweerlegbaar waren bewezen. De slachtoffers waren Emma en Felix Saalfeld. 'Voor de in dit proces ten laste gelegen delicten vordert de openbare aanklager een gevangenisstraf van twaalf jaar.' Barbara staarde de man geschokt aan. Ook Ben was ontzet, maar Werner, Robert en Charlotte reageerden uiterst tevreden. Dat was een rechtvaardige straf!

Nu nam Götz Zastrow het woord. Natuurlijk deed hij zijn uiterste best een overtuigend pleidooi te houden.

'Eén tegen drie!' Begon hij luid en hij beklemtoonde elk woord. Zijn stem weergalmde door de rechtszaal. 'Precies die machtsverhouding was de reden waarom ik deze zaak heb aanvaard. Bekijk mijn cliënte.' Hij wees naar Barbara. 'We kunnen mevrouw Von Heidenberg gerust als nogal fragiel beschrijven. En zij zou twee sterke mannen en een jonge vrouw hebben bedreigd? Iedereen met gezond verstand weet dat dat onmogelijk is. En wat nog veel belangrijker is: er zijn geen bewijzen voor!'

'Daarmee zal hij het niet redden', fluisterde Werner tegen Charlotte.

'We kennen de verklaringen van de getuigen die mijn cliente hebben beschuldigd', ging Götz voort. 'Maar daarbij moet u in het achterhoofd houden welke relatie ze met mevrouw Von Heidenberg hadden. Neem nu Miriam Saalfeld, meisjesnaam Von Heidenberg. Na de tragische dood van haar vader was ze aan een rolstoel gebonden en werd ze door mijn cliënte onbaatzuchtig verzorgd. Maar zodra de jonge vrouw haar erfenis kon opeisen, viel er van dankbaarheid niet veel meer te bespeuren. Ze liet haar stiefmoeder domweg in de steek. En ondertussen is Miriam gehuwd met Robert Saalfeld. Ook hij beschuldigde mijn cliënte. De vraag is: waarom? Om wraak te nemen, misschien?' Robert balde zijn vuisten. Hij kon het amper aanhoren dat Zastrow nogmaals met veel plezier zijn verhouding met Barbara ter sprake bracht. Hij beweerde dat Robert zo gekwetst was dat zij zijn vader boven hem had verkozen, dat hij haar had willen vermoorden. 'Wat er precies is gebeurd boven op de berg, is nog altijd één groot mysterie. Slechts één ding staat vast: mijn cliënte viel van de berg naar beneden. Ze was zwaargewond en leed aan geheugenverlies. Ik zou dan ook willen samenvatten dat er maar één slachtoffer in deze zaak is, en dat is mijn cliënte.' Vervolgens benadrukte de advocaat nog een keer hoe erg Barbara had afgezien na haar val. Hij vertelde dat ze opnieuw een relatie was begonnen met Werner, uiteraard uit onvoorwaardelijke liefde. Vanzelfsprekend bracht ook Götz nog een keer ter sprake dat Werner erover had nagedacht Barbara met een kussen te verstikken. 'En dan komen we aan punt vier van de beschuldigingen, de vrijheidsberoving van Felix Saalfeld en Emma Strobl. U moet beseffen dat mijn cliënte ondanks haar nieuwe huwelijk nooit echt aanvaard werd in het Fürstenhof. Men behandelde haar vijandig en ze voelde zich door iedereen gehaat.' Hij vorderde de vrijspraak voor de beschuldiging tot drievoudige poging tot moord. Voor de vrijheidsberoving stelde hij een geldboete voor. Charlotte en Werner wisselden een verbijsterde blik uit.

Rosalie had een verslag ontvangen van de grafoloog en daarin beweerde hij dat geen van de bladen die hij had bestudeerd, het origineel was. Ze had Cosima's bekentenis minstens twintigmaal overgeschreven voor ze tevreden was met het resultaat. Omdat ze al waren betrapt door mevrouw Sonnbichler en omdat ze het overzicht niet wilde verliezen, had ze alle niet-bruikbare probeersels in het kantoor versnipperd. Helaas had ze dus per ongeluk ook het origineel versnipperd.

'Ik begrijp er niets van, hoe kon dat gebeuren?' zuchtte ze ongelukkig.

'Mijn god, Rosalie, waarom heb je niet beter opgelet?' verweet Michael haar. 'Nu hebben we niets meer achter de hand tegen Cosima Saalfeld.' Ze konden de politie geen vervalste schuldbekentenis geven. Michael was zo boos dat hij onrechtvaardig werd. 'Jij vond het sowieso al niet belangrijk dat ze haar verdiende straf kreeg! Anders had je er wel voor gezorgd dat het blad niet in de papierversnipperaar terechtkwam!'

'Ach, denk toch wat je wilt van me.' Rosalies ogen vulden zich met tranen. 'Maar je vader zal er niet weer tot leven door komen.'

Eva Krendlinger bracht Cosima een slaatje in haar woning. Maar Lukas' moeder had geen honger. Ze had net de resultaten van het laboratorium gekregen. Ze vertelde Eva dat ze een bloedstaal van Götz had genomen en had laten onderzoeken.

'Er werden bij het onderzoek geen tumormarkers in zijn bloed gevonden. Volgens het laboratorium heeft mijn man dus helemaal geen kanker. Hij is gewoon een bedrieger!' Ze keek Eva ontsteld aan. 'Zijn liefde voor me, het verhaal over zijn ziekte... Hij heeft alles verzonnen. En ik was zo stom om hem te geloven! Hij heeft alleen maar gedaan of hij kanker had omdat hij uit is op mijn geld. Hij probeerde medelijden op te wekken en hij is er nog in geslaagd ook.'

Er hing duidelijk een gespannen sfeer in de rechtszaal toen rechter Felicitas Strehle de zaal betrad en plaatsnam. Ze las het vonnis voor.

'Na lang beraad is dit het vonnis: de openbare aanklager is er in dit proces niet in geslaagd onweerlegbaar te bewijzen dat de beklaagde de in punt één tot en met drie vermelde delicten heeft begaan. Daarom wordt de beklaagde bij gebrek aan bewijzen vrijgesproken van de beschuldiging tot drievoudige poging tot moord.' Men kon een speld op de grond horen vallen. Robert en Werner keken elkaar verbijsterd aan. En toen weerklonk plotseling een vreugdekreet.

'Ja!' Barbara straalde over haar hele gezicht.

'De vrijspraak...' Robert trok wit weg. Dit kon niet waar zijn. 'Die vrouw is een moordenares!' riep hij de rechter vanuit de zaal toe.

'Het gerecht denkt daarover ander!' Triomfantelijk sprak Ben Robert toe. 'En dat is het enige wat telt.' Hij was natuurlijk dolblij dat zijn moeder was vrijgesproken. Felicitas Strehle riep op tot orde in de zaal. Ze was nog niet klaar met het voorlezen van het vonnis. Barbara werd namelijk wel schuldig bevonden aan de vrijheidsberoving. Daarvoor werd ze veroordeeld tot een gevangenisstraf van zes maanden. Die had ze al uitgezeten in voorhechtenis. Barbara werd dus meteen vrijgelaten. Ze kon doen en laten wat ze wilde.

'Ik was er zeker van dat we het proces zouden winnen. Vooral na de getuigenis van dokter Brunner.' Ook openbaar aanklager Georg Rosenberg was allesbehalve tevreden met het vonnis en stak dat niet onder stoelen of banken toen de Saalfelds naar hem toe kwamen.

'Misschien kunt u nog in beroep gaan', stelde Charlotte aarzelend voor. Rosenberg knikte. Daarvoor had hij de motivering van het vonnis van de rechter nodig. Hij pakte zijn aktetas en liep voorbij de beklaagdenbank, waar Götz, Barbara en Ben zaten.

'Tja, waarde collega, tegen de beste kan men weleens verliezen', grijnsde Zastrow. De openbare aanklager besteedde geen aandacht aan hen en versnelde zijn pas, maar Götz was in zijn euforie niet te temperen. 'Ik moet zeggen dat ik mezelf vandaag heb overtroffen', ging hij voort. 'Ik wist meteen dat die rechter de sleutel tot succes zou worden. Die moest ik aan onze kant krijgen.'

'U doet alsof het een spelletje is waarbij het alleen op winnen en verliezen aankomt!' Robert stond nu voor de beklaagdenbank en keek Barbara en haar advocaat vervuld van haat aan.

'En waarom gaat het dan volgens jou wel?' vroeg ze spottend.

'Om gerechtigheid!' zei hij woedend. 'Het gaat erom dat jij voor je daden moet boeten!'

'Ik heb toch helemaal niets misdaan', antwoordde Barbara hoogmoedig. 'Ik ben alleen zo stom geweest dat verliefde stelletje eventjes op te sluiten.' Robert wist dat Emma en Felix bijna waren gestorven tijdens hun opsluiting door Barbara. Hij stond op het punt zijn zelfbeheersing te verliezen. 'Het gerecht heeft zonet heel officieel beslist of ik schuldig ben of niet.'

'Wat het gerecht beslist, interesseert me niet!' brulde Robert. 'Ik weet dat ze het mis hebben. Jij bent een moordenares. En ooit zul je ervoor boeten, dat zweer ik je! Desnoods doe ik het zelf!'

'Wil je me misschien lynchen?' vroeg Barbara spottend.

'Ik zou niets liever willen.' Ben ging beschermend tussen Robert en zijn moeder staan.

'Verdwijn!' zei de hotelbediende dwingend. 'Laat mijn moeder met rust!' Maar Robert duwde hem eenvoudigweg opzij en wilde Barbara te lijf gaan. Werner en Charlotte konden hem nog net in bedwang houden.

'Laat dat!' snauwde Werner. 'Je wilt toch niet door haar in de gevangenis belanden?'

Sandra zat in de serre en zat meer te dagdromen dan te werken. Lukas en Rosalie waren namelijk naar München gereden om hun scheiding via een speciale, snelle procedure in orde te brengen. Als Lukas terugkwam, zou hij eindelijk vrij zijn. Vrij voor Sandra. Dan konden zij huwen. Ze herinnerde zich nog zijn huwelijksaanzoek toen ze in de hut opgesloten zaten na de lawine. Het ging toen helemaal niet goed met haar. Als ze er nog maar aan terugdacht, voelde ze opnieuw die doodsangst. Maar Lukas had haar met zijn huwelijksaanzoek kracht gegeven om door te zetten en vol te houden. En op een of andere manier was het romantisch geweest. Al had ze de omstandigheden liever anders gezien. Zo opgesloten zitten en doodsbang zijn, nee, ze was liever gelukkig en onbezorgd...

Voor het gerechtsgebouw werden Barbara en haar advocaat belaagd door journalisten. Natuurlijk genoot Götz met volle teugen van zo veel aandacht. En Barbara liet hem zijn gang gaan.

'En nu?' vroeg hij nadat de laatste journalist was verdwenen. 'Zullen we iets gaan eten? Zullen we een glaasje champagne drinken in een bar? Wat heb je het meest van al gemist in de gevangenis?'

'Dit!' Ze kuste hem vurig en hij beantwoordde haar kus passioneel. 'Dat wij eindelijk bij elkaar kunnen zijn zonder rekening te moeten houden met cipiers', zei ze verlangend en kuste hem opnieuw. De twee merkten niet dat net op dat moment Cosima om de hoek kwam. Ze verstarde toen ze haar man zijn cliënte passioneel zag kussen.

Ongemerkt had Cosima zich teruggetrokken en ze was teruggekeerd naar het Fürstenhof. 's Middags kwam ook Götz terug naar het Fürstenhof en hij wilde met haar proosten op zijn succes.

'Je weet het waarschijnlijk nog niet,' kondigde hij triomfantelijk aan, 'maar ik heb gewonnen! Barbara von Heidenberg is vrijgesproken!'

'En daarom hebben jullie elkaar gekust?' gooide ze er plotseling uit. Hij zweeg abrupt. 'Ik heb jullie gezien.' Hij besefte dat ze hem doorhad en probeerde nog snel een verklaring te verzinnen.

'Mevrouw Von Heidenberg was gewoon opgelucht', legde hij uit. 'Het zag er tot op het laatste moment naar uit dat ze de gevangenis in zou gaan. Maar plotseling was ze vrij.'

'Ik had nochtans de indruk dat je het niet erg vond dat ze je kuste', antwoordde Cosima boos.

'Wat had ik dan moeten doen?' vroeg hij gespeeld onschuldig. 'Haar van me wegduwen?'

'Vraag je je niet eens af waarom ik naar de rechtszaal kwam?' vroeg ze.

'Omdat je benieuwd was of je succesvolle man zou winnen?' vroeg hij en hij gebruikte bewust veel charme. Maar ze trapte er niet in.

'Nee, omdat ik dit heb gekregen.' Ze stak hem de resultaten van het laboratorium onder zijn neus. 'Dat zijn jouw bloedwaarden. Er zijn helemaal geen tumormarkers te bespeuren in je bloed. Je hebt dus geen leverkanker.' Götz keek haar stomverbaasd aan en kon geen woord uitbrengen. 'Waarom had ik het toch niet sneller door dat je alleen maar doet alsof', verweet Cosima zichzelf. 'Liefde, ziek...' Hij begreep dat hij geen kant meer uit kon en ging daarom over tot de tegenaanval.

'Het was fout van me te doen alsof ik doodziek was', fluisterde hij en hij deed alsof hij zich er heel slecht bij voelde. 'Dat geef ik toe. Maar ik deed het alleen maar omdat ik van je houd. Ik wilde je terug. Maar jij wees me af.'

'Dat had ik ook maar beter blijven doen', zei ze verbitterd.

'Wil je echt dat het hier eindigt?' vroeg hij huichelachtig bezorgd. 'Dat onze grote liefde op deze manier eindigt?' Hij zette een stap dichter bij Cosima, maar ze dwong hem meteen een stap terug te zetten.

'Houd op met dat gezwets over onze grote liefde!' beet ze hem toe. 'Die heeft nooit bestaan. Toch niet van mijn kant.' Götz besefte dat hij haar niet meer zou kunnen overtuigen. 'Je duikt op, toevallig op het moment waarop je waarschijnlijk hebt vernomen dat ik aandeelhoudster van het Fürstenhof ben geworden. Je overtuigt me ervan een testament op te stellen met jou als begunstigde. Maar die vlieger gaat niet op.' Ze zou het testament veranderen. En bovendien zou ze de scheiding aanvragen. 'En nu maak je dat je wegkomt! Nu meteen!'

'Gooi je me eruit?' Götz hapte naar adem. Ze knikte heftig.

'En neem je rommel meteen mee', bromde ze nog. 'Hoe sneller je hier weg bent, hoe beter!'

'Oké. Goed. Als jij het zo wilt.' Hij zette een stap dichterbij. 'Ik heb één jaar de tijd, minstens één jaar.' Zo lang zou het duren voor de scheiding officieel rond was. 'Er kan veel gebeuren in één jaar. Denk maar aan die arme Rosalie. En je hebt het al aan je hart.' Cosima schrok. Hij bedreigde haar gewoon openlijk. Hij wilde haar dood...

7

Lukas was terug uit München! Het had hem amper tien minuten gekost om de scheiding met Rosalie in orde te brengen.

'Je bent een vrij man...' Sandra straalde en wierp zich in zijn armen.

'Dat is niet helemaal waar', antwoordde hij lachend. 'Want mijn hart hoort bij jou. Voor altijd.' Hij vond ondertussen dat zijn overhaaste huwelijksaanzoek in de berghut, dat hij vooral had gedaan om haar kracht te geven, niet romantisch genoeg was. Achteraf bekeken toch niet. Daaraan moest hij wat doen. En daarom belde hij een juwelier in München.

Cosima had de hele nacht geen oog dichtgedaan. De volgende ochtend liep ze zonder kloppen het kantoor van haar zoon binnen.

'Je kunt hier niet zomaar komen binnenvallen', wees hij haar terecht.

'Het is belangrijk', zei ze. 'Je vader wil me vermoorden.'

'Wat?' Lukas lachte luid.

'Ja!' hield ze vol.

'Dat geloof je toch zelf niet.'

'Hij heeft me bedreigd!' riep ze radeloos. 'Hij wil van me erven. Hij wil mijn aandelen in het Fürstenhof in handen krijgen!' Haar zoon keek haar ongelovig aan, hij leek haar niet ernstig te nemen. 'Dat hij terug zou zijn gekomen omdat hij van me houdt... Dat hij bij me wil zijn... Dat was allemaal gelogen.' Tegen zijn zin werd Lukas nu toch nieuwsgierig.

'Je wantrouwde hem intuïtief. Je had dat gevoel nooit helemaal mogen negeren', zei hij.

'De kanker was ook een leugen', ging ze voort. 'Hij is helemaal niet ziek!' Pas nu drong de draagwijdte van dit alles tot Lukas door.

'Dus toch...' mompelde hij ontzet.

'Hij bedreigt me, je moet me geloven', drong zijn moeder aan. Hij knikte langzaam.

'En wat verwacht je nu van mij?' vroeg hij. 'Dat ik je lijfwacht speel?'

'Ik draag mijn aandelen in het Fürstenhof aan je over', zei ze onverwacht. Ze kon het testament dat ze samen met Götz had opgesteld, pas na hun scheiding veranderen. Maar dat zou nog een jaar duren. 'Al die tijd ben ik in gevaar. Want hij erft mijn aandelen als ik sterf.' Lukas keek haar sceptisch aan. 'Ik weet dat je met Sandra dat hotel in het Reuzengebergte wilt beginnen', zei ze. 'En dat moet je ook doen.' Hij zou alleen op papier aandeelhouder van het Fürstenhof zijn. 'Zodra je vader en ik gescheiden zijn, draag je de aandelen opnieuw aan mij over. Of je houdt ze. Dat mag je zelf kiezen.'

'Waarom zou ik aannemen dat er ditmaal niets méér achter zit?' vroeg hij argwanend.

'Ik weet dat ik fouten heb gemaakt...' Hij knikte zwijgend en veelzeggend. 'Vooral met betrekking tot jou en Sandra. Ik wilde niet aanvaarden dat jij van haar houdt.'

'Je hebt ons heel wat keren lelijk te grazen genomen', verweet hij zijn moeder. Die kwestie met de 'magische kruidenschnaps' was nog maar net achter de rug. 'Je bent echt te ver gegaan.'

'Ik zeg toch dat ik weet dat ik veel fouten heb gemaakt. En dat spijt me vreselijk.' Hij aanvaardde haar excuses niet zomaar.

'Je valt in herhaling', zei hij alleen maar. 'Tot nu toe heeft spijt je er nooit van weerhouden telkens opnieuw een of andere smerige intrige te plannen. En nu wil je dat ik wat voor je doe?'

'Alsjeblieft!' Cosima's stem klonk smekend. 'Ik wil je de aandelen geven. Zonder enige verplichting of voorwaarde.' Hij twijfelde heel even. Toen schudde hij zijn hoofd.

'Nee, ik denk niet dat het een goed idee is.' Als hij de aandelen aannam, zou hij dagelijks met zijn moeder te maken hebben. 'Ik heb afstand nodig, afstand van jou.' Een moment lang heerste er stilte.

'Je kunt het me niet vergeven', stelde ze verbitterd vast.

'Misschien later ooit', antwoordde hij. 'Als we elkaar niet meer zo op de lip zitten.' Meer had hij hierover niet te zeggen. Verslagen verliet Cosima het kantoor.

'Ze moet me met rust laten!' Lukas was door het gesprek met zijn moeder toch van streek en praatte erover met Sandra. 'Ik wil niets meer met haar te maken hebben! Waarom snapt ze dat niet?'

'Het was vast een hele schok voor haar', zei Sandra. 'Dat ze ontdekte dat je vader alleen maar tegen haar heeft gelogen en haar bovendien bedroog. Dat hij zelfs kanker heeft verzonnen...'

'Die twee kunnen precies niet anders', bromde hij. Hij had ondertussen echt het gevoel dat Cosima en Götz prima bij elkaar pasten. Ze konden elkaar te gronde richten. 'Ze mogen rustig hun gang gaan. Maar ik doe niet mee. Wij doen niet mee.' Hij omhelsde Sandra. 'We vertrekken hier zo snel we kunnen. Het project in het Reuzengebergte is als een godsgeschenk. Eindelijk zullen we ons eigen leven kunnen leiden.' Ze knikte en vleide zich gelukkig en verliefd tegen zijn borst aan.

Even later sprak Cosima Sandra echter aan in de lobby.

'Ik heb u niets anders te zeggen dan wat Lukas u al heeft gezegd', zei ze afstandelijk.

'Heeft Lukas u echt alles verteld?' vroeg Cosima van streek. 'Dat mijn man me heeft bedreigd?' Sandra zweeg en keek haar toekomstige schoonmoeder alleen maar recht in de ogen aan. 'Götz wil me vermoorden. Dat heeft hij rechtuit gezegd.'

'Zelfs als dat zo is...' Sandra sprak langzaam en ze klonk niet echt overtuigd. 'Wij willen er niets mee te maken hebben. Lukas niet, en ik al helemaal niet.'

'Ik heb te veel fouten gemaakt', stelde Cosima bedroefd vast.

'U hebt altijd tegen ons gevochten', verweet Sandra haar. 'Tegen ons en tegen onze liefde.'

'Ik zie nu in dat dat verkeerd was,' zei Lukas' moeder. 'U bent niet de vijand. Dat is iemand helemaal anders.'

'Waarom geeft u uw man niet aan?' stelde Sandra voor. 'Iemand bedreigen is strafbaar.' Cosima lachte verbitterd. 'Ik weet het al, dan moet u ook uw eigen misdaden opbiechten.'

'Ik heb geen misdaden gepleegd', probeerde Cosima nog.

'Natuurlijk niet', zei Sandra spottend. De twee vrouwen keken elkaar even aan.

'Ik vrees voor mijn leven', fluisterde Cosima uiteindelijk.

'Waarom verkoopt u uw aandelen dan niet?' antwoordde Sandra. 'Het geld kunt u aan een liefdadigheidsinstelling schenken.'

'Ik heb hiervoor zo lang gestreden...' Cosima wilde absoluut dat het Fürstenhof in handen van haar familie bleef.

'En uw andere kinderen dan?' Lukas' moeder haalde verslagen haar schouders op.

'Markus is dood', zei ze zacht. 'En Lena leidt haar eigen leven. Ze heeft me niet nodig. Mijn familie, dat is Lukas. Lukas en u.' Haar vertwijfelde wanhoopskreet liet Sandra toch niet onberoerd.

Werner kon het nog altijd niet verkroppen dat Barbara was vrijgesproken. Hij maakte een lange wandeling door het bos om alle negatieve gedachten van zich af te schudden. Telkens opnieuw zag hij de vreselijke beelden uit zijn herinnering weer. Hoe ze had geprobeerd hem te doden. Hoe ze tekeer was gegaan tegen Robert en Miriam. Maar ook hoe hij haar in de kerk het jawoord had gegeven... Die vrouw was als een vloek op zijn ziel.

Plotseling dook ze in levenden lijve op vanachter een boom. Ze ging voor hem op het bospad staan.

'Barbara...' zei hij afgemeten. 'Wat moet je hier?'

'Wees maar niet bang, ik zal je niets doen.' Ze glimlachte boosaardig.

'Wie zegt dat ik bang voor je ben?' antwoordde hij en hij rechtte zijn rug. 'Verdwijn! Ik wil niets meer met je te maken hebben!'

'Ik wil je nog iets teruggeven.' Ze toonde hem een plastic tas en haalde er iets uit. Hij herkende het kledingstuk meteen. Zijn jas! De jas waarop bloed van Paul Wielander zat.

'Je kunt je maar beter warmpjes aankleden als ik in je buurt ben', zei ze lachend.

'Waarom geef je me de jas terug?' vroeg hij verward.

'Ik heb van je gehouden.' Hij lachte verbitterd. 'Ik hield van je, op mijn manier', ging ze onverstoord voort. 'Maar je was een geducht tegenstander, je hebt me niets cadeau gedaan. En ik jou ook niet. Dus waarom zou ik wrok tegen je koesteren?' Hij aarzelde, hij vreesde dat het weer een of andere valstrik van haar was. 'Pak de jas nu aan!' drong ze aan. 'Voor ik me bedenk.' Woedend rukte hij het kledingstuk uit haar hand.

'Ooit betrappen ze je en hang je', snauwde hij. 'En geloof me, die dag zal een feestdag voor me zijn!'

'Nemen we zo afscheid van elkaar?' vroeg ze.

'Loop naar de hel!'

'Dat ben ik niet van plan. Ik wens je nog een fijn leven!' Ze zwaaide achteloos naar hem en verdween even snel als ze was gekomen. Werner kreeg zijn woede amper onder controle. Hoe had men die duivel in mensenkleren kunnen vrijspreken?!

Samen met André verbrandde hij de jas later op een afgelegen plek in het park.

'Die gaat in rook op...' Piekerend staarde Werner in het vuur. 'Het was het laatste wat me nog met Barbara in verband bracht.'

'Kon men sporen in je ziel ook maar gemakkelijk in rook doen opgaan', antwoordde André. Zijn broer knikte. 'Ik vind het vreemd dat ze je de jas zomaar heeft teruggegeven.' Dat was niets voor Barbara.

'Misschien wil ze er echt een streep onder zetten?' wierp Werner op. 'Het is haar tenslotte niet gelukt me af te persen.' Als de bebloede jas bij Barbara werd gevonden, kon het weleens gevaarlijk voor haar worden. Het speelde niet in haar voordeel dat ze in verband kon worden gebracht met de dood van Paul Wielander. 'Ze moet hier snel zo ver mogelijk vandaan. Dat zou ik toch doen als ik haar was.'

'Dat zal ze ook wel doen', zei André overtuigd. Maar zijn broer was er niet zo zeker van.

'Ik vertrouw het zaakje niet. Die vrouw zal me mijn leven lang achtervolgen.'

Sandra zette nieuwe bloemen in de hotelkamers. Natuurlijk kwam ze ook in Götz' hotelkamer. Hij had zijn toevlucht tot een kamer in het hotel moeten zoeken nadat Cosima hem eruit had gegooid. Ze was net in de badkamer om een vaas met water te vullen toen Götz telefonerend de kamer binnenkwam. Hij merkte niet dat hij niet alleen was.

'Nee, vanmiddag gaat niet', hoorde ze hem zeggen. 'Dat mijn vrouw ons gisteren samen heeft gezien, heeft voor problemen gezorgd.'

'We hadden gewoon beter moeten opletten', antwoordde Barbara aan de andere kant van de lijn, want natuurlijk telefoneerde hij met haar. 'Nu wordt alles veel ingewikkelder.'

'Of net eenvoudiger', antwoordde hij. 'Je kunt je niet voorstellen hoe boos Cosima was. En dat is goed nieuws.' Hij zinspeelde op de hartaandoening van zijn vrouw. 'Dat gedoe tussen ons bezorgt haar heel wat stress. Dat zal niet zonder gevolgen blijven. Het is gewoon een kwestie van tijd. Cosima leeft nu al langer dan eigenlijk normaal is. Ze overleeft niet nog een grote schok.'

'En jij zorgt voor die schok', vermoedde Barbara.

'Ik wacht alleen nog op het juiste moment', bevestigde hij. Gelukkig verliet hij de kamer even later weer. Sandra had al die tijd doodsangsten uitgestaan in de badkamer. Cosima had ditmaal dus niet gelogen. Lukas' vader was echt gevaarlijk!

Wat een vreselijke toestand! Sandra maakte een wandeling in het park om tot rust te komen en helder te kunnen denken. Götz wilde Cosima dus doden. Sandra moest iets doen. Ze was er nog niet helemaal zeker van dat Lukas' moeder wel te vertrouwen was. Maar ze had er zelf niets aan dat ze haar aandelen zou overdragen aan Lukas. En iedereen verdient een tweede kans...

Michael had er spijt van dat hij Rosalie zo had afgesnauwd. Hij had al geprobeerd zich te verontschuldigen, maar ze had geweigerd met hem te praten. Ze wist dat hij geen seconde geïnteresseerd was geweest in haar, maar haar alleen had gebruikt om informatie los te krijgen over Cosima Zastrow.

Ze zat in het kantoor, waar ze sinds kort enkele uren per dag opnieuw als manager aan de slag was. Plotseling klopte Michael aan de deur. Hij wilde zich nog een keer proberen te verontschuldigen.

'Het spijt me', begon hij. 'Ik wilde niet met je gevoelens spelen.'

'Verontschuldiging aanvaard', antwoordde ze kortaf en deed teken dat ze nog veel werk had.

'Het is niet zo dat ik je niet leuk vind', gaf hij eerlijk toe en hij bleef gewoon staan. 'Ik vind je zelfs heel leuk.' Hij wilde heel graag vrienden zijn. Hij wilde ook graag met haar de danscursus beginnen.

'Ik heb net een scheiding achter de rug', zuchtte ze. 'Een heel snelle scheiding zelfs, en daarmee is een vergissing rechtgezet waarvan iedereen meteen doorhad dat het een vergissing was, behalve ikzelf dan.'

'Precies daarom heb je behoefte aan een goede vriend', zei hij. 'Je hebt mensen om je heen nodig die je zeggen wanneer je iets verkeerd doet.'

'Maar die persoon kun jij niet zijn', stelde ze vast. 'Want zoals je al weet, ben ik verliefd op je. En dat gaat nu eenmaal niet samen, vriendschap en liefde.' Michael wist niet goed wat hij moest zeggen. 'Ik heb me al tweemaal wanhopig vastgeklampt aan een man, bij Felix en Lukas, en ze hebben me alleen maar ongelukkig gemaakt', ging ze voort. Als ze eerlijk was, had ze bij allebei vanaf het begin geweten dat het zou mislopen, alleen had ze het niet willen inzien. 'Als je telkens het deksel op de neus krijgt, kun je maar beter uit je fouten leren.'

'Het ligt toch voor de hand', vond Michael. 'Je valt gewoon op de verkeerde mannen.' Ze stemde gefrustreerd met hem in.

'Maar als ik dat weet... En ik weet dat ik geen hoop mag koesteren... Dan strooi ik toch alleen maar zout in de wonde door tijd met je door te brengen? Dat begrijp je toch?' Natuurlijk begreep hij dat. Maar het greep hen allebei aan dat ze nooit vrienden zouden kunnen zijn.

8

Lukas had in München een prachtige ring voor Sandra gekocht en bereidde nu in zijn woning een nieuw huwelijksaanzoek voor. Hij stopte de ring in een halfopen pioenroos en in het restaurant bestelde hij een fles alcoholvrije schuimwijn. Robert bracht alles hoogstpersoonlijk, want de bestelling had hem nieuwsgierig gemaakt. Hij had meteen door wat Lukas van plan was. Hij had al vernomen dat Lukas en Rosalie gescheiden waren.

'U wordt dus mijn zwager...' Robert stelde voor elkaar te tutoyeren en Lukas nam het voorstel met open armen aan. 'Welkom in de familie!' Sandra's halfbroer omhelsde Lukas kameraadschappelijk. Robert genoot van de afleiding die dit goede nieuws hem, tenminste tijdelijk, bood. Hij had het er moeilijk mee dat Barbara von Heidenberg vrij was.

Even later dook Lukas in de serre op met een dienblad met daarop een flessenkoeler, twee champagneglazen en de pioenroos met waardevolle inhoud.

'Kom je je scheiding vieren?' vroeg Sandra blij verrast.

'Het woord scheiding is hier helemaal niet van toepassing', antwoordde hij geheimzinnig.

'Goed dat je er bent, trouwens', onderbrak ze hem. 'Ik moet met je praten.'

'Waarover dan?' vroeg hij glimlachend.

'Ik heb net met je moeder gepraat.' Sandra had haar in het park gezien. Ze had ineengedoken op een bank gezeten. Ze was naar haar toe gegaan en had met haar gepraat. 'Ze heeft gelijk. Je vader wacht gewoon tot ze doodgaat om haar aandelen in het Fürstenhof te erven.'

'Alsjeblieft, laat je niet door haar om de vinger winden. Je weet toch hoe goed ze iedereen kan manipuleren?' Lukas zuchtte. Hij was zelf vaak genoeg in de praatjes van zijn moeder getrapt.

'Ze manipuleert je dit keer niet', sprak Sandra hem tegen. 'Het is uitzonderlijk, dat geef ik toe, maar ze vreest echt voor haar leven. En ik begrijp dat het moeilijk voor je is om dat te geloven, maar het is zo.'

'Hoe weet jij dat?' vroeg Lukas verbaasd.

'Ik heb aanvaard dat je moeder haar aandelen aan mij overdraagt', zei Sandra. Lukas staarde haar met open mond aan.

'Ben je gek geworden?' zei hij na een korte stilte. 'Jij wilt de aandelen nu ineens overnemen? Terwijl we het erover eens waren dat we nooit nog iets met haar te maken wilden hebben!' Hij schudde niet-begrijpend het hoofd. 'Je trapt gewoon weer in haar spelletjes!'

'Ten eerste was het mijn idee, niet het hare', bracht Sandra ertegenin. 'Ten tweede heb ik toevallig een telefoongesprek van je vader gehoord. Hij belde duidelijk met zijn minnares. En hij vertelde haar triomfantelijk hoe slecht het met je moeder gaat. Dat ze maar een klein duwtje in de rug nodig heeft om te sterven.' Lukas was te boos om goed te laten doordringen wat Sandra hem vertelde. Hij wilde niets meer te maken hebben met zijn vader en zijn moeder!

'Ik had nooit gedacht dat jij je tegen me zou keren!' verweet hij Sandra. 'Achter mijn rug! Uitgerekend voor mijn moeder! Je weet maar al te goed dat je voor haar moet opletten.' Voor Sandra iets kon zeggen, liep hij de serre uit. Het dienblad liet hij achter.

Sandra had natuurlijk vermoed dat Lukas niet enthousiast zou zijn. Maar dat hij haar niet liet uitleggen waarom ze zijn moeder wilde helpen... Cosima loog ditmaal niet! Lukas' vader was iets van plan. Ze konden Cosima niet in de steek laten nu ze in levensgevaar was. Lukas moest het toch ook inzien! Ze kon het zich amper voorstellen, maar toch geloofde Sandra dat Cosima stilaan oprecht spijt had van wat ze Lukas en Sandra allemaal had aangedaan. Wat Sandra op dit moment nog het meest ergerde, was Lukas' wantrouwen. Ook al had ze niet eerst met hem besproken wat ze met de aandelen zouden doen, hij moest toch weten dat ze de aandelen nooit zou aanvaarden als hij het er niet mee eens was.

Lukas riep zijn vader ter verantwoording.

'Jij hebt geen kanker! Waarom heb je daarover tegen ons gelogen?' Götz probeerde zich er ook bij zijn zoon uit te praten met de uitvlucht dat het de enige manier was geweest om toenadering te kunnen zoeken tot Cosima. Maar Lukas snauwde hem toe: 'Ik weet dat je een verhouding hebt. En dat je met die vrouw al een luxeleventje plant na moeders dood.' Götz was even van zijn stuk gebracht, maar herpakte zich snel weer.

'Wat weet je toch veel...' zei hij spottend.

'Sandra en ik weten alles', zei zijn zoon. 'Als moeder onverwacht iets overkomt, hang je!'

'Mijn zoon, toch!' Götz kreunde theatraal. 'Ben ik dan echt alleen nog door paranoïde mensen omringd? Eerst je moeder, nu jij en je eigenwijze vriendinnetje... Denk je nu echt dat ik als afgewezen echtgenoot een moord zal plegen? Hoe stom denk je dat ik ben? Zelfs de domste rechercheur vindt meteen een motief.' Lukas keek zijn vader minachtend aan. 'Of steekt Cosima hierachter?' vroeg hij boos grijnzend. 'Heeft ze je weer eens om de vinger gewonden en stuurt zij je om me bang te maken?' Hij keek Lukas misprijzend aan. 'Dat is je dan gelukt', zei hij honend. 'Proficiat!'

'Laat moeder met rust!' zei Lukas koeltjes. 'Je krijgt nooit wat je wilt. Daarvoor zal ik wel zorgen!' En hij liet zijn duidelijk ontevreden vader alleen achter.

Robert en Michael zaten samen aan de bar met een drankje. Natuurlijk had Robert het over de onrechtvaardige vrijspraak van Barbara. Maar ze hadden het ook over die andere feeks, Cosima dus.

'Ik had bijna een bewijs tegen haar', zuchtte Michael. Robert keek hem verbaasd aan. Hij had zich dus toch niet vergist toen hij Cosima in haar slaap had horen mompelen dat ze Korbinian Niederbühl had laten sterven? Maar dat was niet de reden dat Michael haar wilde aangeven. 'Ze heeft geprobeerd Rosalie te doden. We hadden zelfs een schriftelijke bekentenis.' Robert schonk hem een verbijsterde blik. 'Maar die is helaas vernietigd,' voegde de arts eraan toe. Hij vertelde ook dat Cosima Rosalie het zwijgen oplegde met geld, veel geld.

'Als ik haar was...' Robert keek Michael onderzoekend aan. 'Hoe kunt u die Zastrow voortdurend tegenkomen en haar niet naar de keel grijpen?' Michael had het er inderdaad niet gemakkelijk mee. Hij moest zich voorlopig neerleggen bij zijn nederlaag, maar hij was vastbesloten Cosima er niet zonder straf af te laten komen...

Simon was opgewonden. Vanmiddag zou een heel belangrijke gast in het Fürstenhof arriveren: Maike Steenkamp. Haar vader was een van de belangrijkste wijnbouwers van Zuid-Afrika en de familie was erg invloedrijk. Maike zou tijdens een wijnproeverij in het hotel de wijnen van het landgoed van haar familie voorstellen.

Simon keek dan ook verbaasd op toen een vrouw met vuile kleren en met olie besmeurde handen zich aan de receptie voorstelde als Maike Steenkamp.

'De taxi had autopech', zei ze en ze wees verontschuldigend op haar vieze kleren. 'En de chauffeur kende niets van auto's. Ik heb hem geholpen.' Ze grijnsde. Het viel Simon op dat deze dame, ondanks haar ietwat slonzige aanblik, heel aantrekkelijk was. 'Bij ons in Zuid-Afrika kun je maar beter wat van auto's kennen, anders kun je niets beginnen.'

Het duurde even voor Simon over zijn verbazing heen was. Maike Steenkamp was zo anders dan hij zich had voorgesteld. Hij wilde in elk geval een goede indruk op haar maken, want de Steenkamps hadden uitstekende contacten overal in de wijnwereld. En Simon was niet van plan zijn hele leven sommelier te blijven in het Fürstenhof.

'Ik wil geen ruzie met je, maar telkens als het iets met mijn moeder te maken heeft... Ze maakt me gewoon razend. Gewoon al door er te zijn.' Lukas was naar de woning van de Saalfelds gekomen om zich bij Sandra te verontschuldigen.

'En niet alleen zij', ging hij verbitterd voort. 'Mijn vader... Als je het ultieme voorbeeld van horrorouders zoekt, ben je bij de mijne aan het goede adres.' Hij keek zijn vriendin smekend aan. 'Vergeef je het me? Nog een keer?'

'Ik zal er eens rustig over nadenken', zei ze en ze glimlachte verzoenend. Ze vielen elkaar opgelucht in de armen. 'Trouwens, ik heb je moeder wel gezegd dat ik haar aandelen zou overnemen,' zei ze, 'omdat ik medelijden met haar had toen ik haar zo in paniek zag. Maar als jij het echt niet wilt...' Lukas zuchtte. Hij geloofde ondertussen ook dat zijn moeder echt bang was voor zijn vader. En daar had ze het volste recht toe.

'Hij zal er waarschijnlijk alles aan doen om haar hart wat sneller te laten stilvallen', vermoedde hij. 'Ik heb hem duidelijk gemaakt dat ik hem in de gaten houd... Maar dat betekent dat we hier voorlopig niet weg kunnen.' Lukas keek haar gekweld aan. 'We zullen moeten blijven om op mijn ouders te passen.' Terwijl hij er zo naar uitkeek om met Sandra ergens anders een nieuw leven te beginnen.

'Jij beslist', zei Sandra. 'Als jij dat wilt, praat ik nog een keer met je moeder en trek ik mijn aanbod in.'

'Ik wil me later niet hoeven te verwijten dat ik haar in de steek heb gelaten en dat omwille van mijn ontaarde vader.' Lukas was compleet radeloos. 'Volgens mij is hij nog gewetenlozer dan mijn moeder.'

'Kan dat dan?' merkte Sandra met galgenhumor op. Toen keek ze hem liefdevol aan. 'Wat je ook besluit, ik steun je.'

Even later ging Lukas op weg naar zijn moeder. Ze begroette hem krampachtig en keek hem toen bang aan. Ze was vreselijk bang dat hij haar zou meedelen dat Sandra haar aanbod introk.

'Sandra heeft met deze verschrikkelijke toestand helemaal niets te maken', begon Lukas vastberaden en Cosima werd bleek. 'Daarom doen we het zoals je oorspronkelijk voorstelde. Je draagt de aandelen voor een jaar over aan mij. Tot je van die geweldige advocaat bent gescheiden. Daarna draag ik ze weer aan jou over en hopelijk hoeven we dan niets meer met elkaar te maken te hebben.'

'Bedankt.' Ze slikte. 'Komt het nooit goed tussen ons?'

'Dat is onmogelijk', snauwde hij. 'Ik kan en zal je nooit meer vertrouwen. Je hebt alles tussen ons kapotgemaakt. Ik doe je dit laatste plezier omdat ik het mezelf niet wil berouwen mocht je iets overkomen.' Zijn harde woorden waren als een slag in haar gezicht. Toch moest ze haar zoon dankbaar zijn. Waarschijnlijk had hij net haar leven gered...

Terzelfdertijd had Götz in de Alte Wirt een afspraak met Barbara. Hij bracht haar op de hoogte van de situatie in het Fürstenhof.

'Cosima zal niet werkeloos toezien hoe ik haar erfenis inpik', vreesde hij.

'Je hebt al veel te lang geaarzeld om van haar af te komen', verweet Barbara hem.

'Jij zou dat toch voor me regelen', antwoordde hij spottend. 'Zodra ik het proces voor je had gewonnen.'

'Mijn advocaat heeft me aanbevolen me een tijdje gedeisd te houden.'

Hij lachte somber.

'Dat geldt ook voor mij. Zeker nu Lukas zich met de zaak bemoeit en me bedreigt. Ik moet opletten.'

'Je bedenkt vast wel een veilig plannetje waardoor je vrouw het tijdelijke met het eeuwige verwisselt', stelde ze vast. 'Dat kan bij iemand met een zwak hart zo moeilijk toch niet zijn.'

'Door Lukas kan ik echt niets doen', herhaalde Götz een beetje geërgerd.

'Wind je niet op. Ga liever met me mee naar de Canarische Eilanden en ontspan.' Hij rolde geïrriteerd met zijn ogen. 'Als we terugkomen, hebben we vast een idee. Ik wil eindelijk mijn zin doen en mijn leven met jou doorbrengen.'

'Met mij en Cosima's geld', vulde hij sarcastisch aan.

'Wat houdt je tegen om het aangename aan het nuttige te koppelen?' vroeg ze vleierig en ze streelde hem verleidelijk, waardoor hij duidelijk bezweek.

'Doe zo voort. Zo kan ik heel goed nadenken.' Hij meende het, want hij kreeg meteen een idee. 'Ik zou heel graag met je naar Tenerife vliegen', zei hij. 'Maar het is beter dat ik de burcht hier bewaak. Voor ons.'

'Het was moeilijker dan ik had verwacht...' Zijn moeder zo hardvochtig behandelen, had Lukas veel energie gekost.

'Maar het was het juiste', zei Sandra. 'En het was lief van je om haar ondanks alles te helpen.' Ze trok hem bij zich op de bank. Lukas had haar nu het huwelijksaanzoek willen doen dat in de serre in het water was gevallen. Maar nu Sandra hem zo passioneel kuste... Het aanzoek kon wachten...

Lukas kon niet vermoeden dat Simon net in de serre was, op zoek naar gepaste bloemen om de volgende dag bij de wijnproeverij als decoratie op de tafels te leggen. Plotseling zag hij de pioenroos. De ring merkte hij niet op. Hij nam de bloem mee. Hij vond dat ze op een of andere manier bij Maike Steenkamp paste.

Ben hielp hem met het klaarzetten van de tafels. De twee mannen praatten ondertussen even bij.

'Wat gaat je moeder nu doen?' vroeg Simon. 'Nu ze weer vrij is...'

'Ik weet het niet', antwoordde Ben een beetje afstandelijk. Hij vreesde dat Barbara heel voorzichtig moest handelen. 'Zeker als ze zou overwegen om terug te keren naar het Fürstenhof.' En hij achtte zijn moeder daartoe helaas in staat.

Toen Cosima die avond haar woning binnenkwam en het licht aandeed, schrok ze zich bijna dood. Götz zat haar op haar bank op te wachten.

'Deed ik je schrikken?' Hij grijnsde boosaardig naar haar. 'Het spijt me. Ik weet dat je een zwak hart hebt...'

'Wat wil je?' vroeg ze en ze probeerde niet te laten merken hoe bang ze was.

'Ik heb vernomen dat je je aandelen in het Fürstenhof wilt overdragen aan Lukas.' Het was een gok, maar aan haar reactie zag hij meteen dat hij het bij het juiste eind had. 'Je denkt toch niet dat ik dat toelaat? Ook al hebben we jarenlang gescheiden geleefd, we zijn nog altijd gehuwd met wettelijk deelgenootschap.' Zijn stem klonk dreigend.

'Nou en?' reageerde ze. 'Voor zover ik weet, behoren erfenissen niet tot het gezamenlijk vermogen.'

'Durf jij het in een juridische kwestie tegen mij op te nemen?' vroeg hij spottend. 'Als je dat als argument gebruikt, zeg ik dat je een brief hebt vervalst om aan die aandelen te komen. En je geld heb je van dokter Niederbühl losgepeuterd. Dat is strafbaar.'

'Wat wil je?' vroeg ze ten einde raad. 'Ieder de helft?' Hij zette een stap dichterbij en fluisterde haar toe: 'Die tijd is voorbij, schat. Ik wil alles hebben. En ik zal het ook krijgen.' Ze duwde hem gruwelend van zich weg en dreigde ermee luidkeels om hulp te schreeuwen als hij nu niet meteen verdween.

'Waag het niet onze echtelijke ruzie in het openbaar te brengen', zei hij nog, maar ging er toen toch vandoor. Cosima was zo van streek dat ze niet merkte dat hij haar hartspray stiekem van de kast griste en in zijn broekzak liet glijden. 'Slaap lekker. Rust maar goed uit. Er staan je zware tijden te wachten.' En na die woorden liet hij haar alleen. Cosima was totaal van streek.

De volgende ochtend pas troonde Lukas Sandra mee naar de serre. Ze reageerde verrast, want ze had er geen idee van wat hij van plan was. Hij wilde haar absoluut opnieuw ten huwelijk vragen. Met alcoholvrije schuimwijn, de pioenroos en de ring. Maar tot zijn grote ontzetting bleek de bloem en haar kostbare inhoud verdwenen. Hij dacht koortsachtig na wat er met de bloem kon zijn gebeurd.

Cosima betrad Michaels spreekkamer gekweld en moe. Ze sprak hem meteen bazig toe.

'Hebt u eindelijk de resultaten van het vooronderzoek? Voor die pacemaker?' De arts keek haar geërgerd aan. Ze was toch bang voor die ingreep? Hij zocht haar dossier op. 'Mijn god', kreunde ze toen hij het dossier niet meteen vond. 'Bent u nu al net zo seniel als uw vader aan het einde van zijn leven?' Hij verstarde. 'Wat ik op het einde voor hem allemaal moest zoeken en in orde brengen...' ging ze voort.

'Zonder mij had hij nooit zo lang als arts aan de slag kunnen blijven...' Michael liet haar niet uitpraten.

'En u was zonder mij al lang dood!' siste hij. 'En daardoor zou heel wat mensen veel leed bespaard zijn gebleven.'

'Wat bezielt u?'

Michael besefte dat hij moest opletten, hij mocht zijn zelfbeheersing niet verliezen.

'Wees blij en dankbaar dat u nog leeft, in tegenstelling tot mijn vader.' Zo gemakkelijk liet Cosima zich echter niet afpoeieren.

'Wat bedoelde u daarnet?' Hij zweeg en keek haar minachtend aan. Ze zette uit wanhoop de tegenaanval in. 'Wees een echte man!' snauwde ze. 'Geef op zijn minst toe waarvan u me beschuldigt!'

'Het is gewoon een feit dat u over lijken gaat om uw zin door te drijven. Eerst mijn vader, dan Rosalie...' Zo, het was eruit. Natuurlijk reageerde Cosima meteen gealarmeerd.

'Dat zijn leugens en veronderstellingen', zei ze boos, maar Michael had de hoorn van de telefoon al dreigend vast.

'Zal ik vragen of Rosalie even tot hier wil komen? Zodat ze kan bevestigen wat u beter weet dan wie ook?' Hij herhaalde de woorden van haar schriftelijke bekentenis: 'Ik, Cosima Saalfeld, beken bij dezen dat ik heb geprobeerd mijn schoondochter, Rosalie Zastrow...'

'Houd op!' onderbrak Cosima hem en ze keek hem verward aan. 'Wat wilt u van me?'

'U hebt toegekeken hoe mijn vader stierf!' Ze durfde de arts niet in de ogen te kijken. 'En u hebt niets gedaan!'

'Bent u vergeten wat hij mij heeft aangedaan?' fluisterde ze gekweld.

‘Kom nu alstublieft niet aanzetten met dat o zo trieste verhaal over het verwisselen van de baby’s’, zei hij boos. ‘Dat is geen reden om iemand te vermoorden.’

‘Hij heeft mijn leven geruïneerd!’ beweerde ze.

‘Nee, die klus hebt u zelf geklaard’, antwoordde hij.

‘Ik hield van Korbinian. Ik zou hem nooit hebben kunnen vermoorden.’ Michael geloofde geen woord van wat ze zei. ‘U weet toch hoe ziek hij was! Die beroerte... Zelfs als ik hem had geholpen, was het waarschijnlijk...’ Ze beet op haar tong. Maar Michael had genoeg gehoord.

‘U was er dus toch bij.’ Ze had altijd beweerd dat ze zijn vader pas had gevonden toen hij al dood was. ‘Maar u was de hele tijd bij hem.’

‘Wij hebben elkaar niets meer te zeggen.’ Ze liep naar de deur, maar hij greep haar vast.

‘U hebt koelbloedig toegekeken hoe hij crepeerde’, siste hij vervuld van haat. ‘De man die alles voor u heeft gedaan. Die oprecht van u heeft gehouden!’

‘Laat me los!’ Ze rukte zich paniekerig los uit zijn greep. ‘Dit was de laatste keer dat ik...’ Ze zweeg abrupt en rende de spreekkamer uit.

Götz had op dat moment een afspraak in het restaurant met Rosalie. Ze verwachtte opnieuw een geldoverdracht, maar hij verscheen er met lege handen.

‘Cosima en ik zijn uit elkaar’, deelde hij haar mee. Rosalie trok verbaasd haar wenkbrauwen op. ‘In het vervolg moet je alles rechtstreeks met haar regelen als je nog zwijggeld wilt ontvangen. Tenzij je natuurlijk de voorkeur geeft aan gerechtigheid en klacht tegen haar indient voor poging tot moord.’ Hij wist niet dat de schriftelijke bekentenis van

Cosima ondertussen per ongeluk tot snippers was gereduceerd. Rosalie was ook niet van plan hem deelgenoot te maken van deze tegenvaller.

'Wat heb ik daaraan?' vroeg ze daarom gespeeld achteloos. 'In de gevangenis kan ze haar vermogen niet beheren.'

'Heel slim', zei hij lovend. 'Maar je kunt het ook anders aanpakken...' Hij laste bewust een lange stilte in. 'Ik kan er niet langer voor zorgen dat Cosima je stipt zal betalen', ging hij dan voort. 'Als ik jou was, zou ik er zo snel mogelijk voor zorgen dat ik krijg wat me toekomt. Ik heb namelijk toevallig vernomen dat mijn tot nog toe echtgenote een nog grotere schenking van plan is.' Rosalies interesse was door die informatie natuurlijk meteen gewekt. Götz vertelde haar dat Cosima van plan was om er na die schenking vandoor te gaan. 'Als je zeker wilt zijn dat je je geld krijgt, zou ik een beetje druk uitoefenen. Zodat ze je zo snel mogelijk zo veel mogelijk betaalt...'

9

‘Ze heeft het gedaan! Ze heeft het toegegeven!’ Michael mepte als een gek op de bokszak die Lukas in hun gemeenschappelijke woning had gehangen. Hij zei het tegen Robert, die was langsgekomen op zoek naar Sandra. Hij luisterde heel geïnteresseerd. ‘Cosima Saalfeld heeft mijn vader laten creperen’, herhaalde Michael verward. ‘Maar ik zal het nooit kunnen bewijzen.’

‘U mag het niet opgeven’, zei Robert. Maar Michael wist niet hoe hij Cosima ooit zover zou krijgen zich nog een keer te verspreken.

‘Ik moet ermee leren leven’, siste hij tussen zijn tanden. ‘Uiteindelijk is en blijft mijn vader dood. Ongeacht of zij ervoor boet of niet.’ Hij liet zijn vuisten uitgeput naast zijn lichaam hangen. Hij moest zich erbij neerleggen.

‘Wie is daar?’ Cosima was doodsbang. Dat er ook nog onverwacht aan de deur werd geklopt, kon ze missen als kiespijn. Rosalie kwam binnen. Cosima deinsde voor haar terug alsof ze een spook was.

‘Je bent bang’, stelde Rosalie vast. ‘Dat is goed. Ik wil namelijk mijn geld. Het hele bedrag in één keer. En snel.’

‘Dat hadden we zo niet afgesproken’, verzette Lukas’ moeder zich vertwijfeld.

'Je probeerde gewoon tijd te rekken', verweet Rosalie haar. 'Omdat je je geld aan iemand anders wilt geven. Ik hoef niet te weten aan wie en waarom. Je hebt me proberen te vermoorden en daarvoor zul je boeten. Wees blij dat ik je alleen laat betalen.' Ze gaf Cosima vierentwintig uur de tijd om het geld bij elkaar te krijgen. Toen liep ze de woning uit.

Cosima wankelde naar de kast om haar hartspray te pakken. Hij lag er niet. Ze zocht snel haar handtas... Ook daarin zat haar hartspray niet. Half bewusteloos sleepte ze zichzelf tot bij de telefoon.

Ze was er nog net in geslaagd dokter Niederbühl te bellen.

'Mijn hartspray...' hijgde ze toe hij binnenkwam. 'Ik vind hem niet...' Hij haalde een ander exemplaar uit zijn tas. Plotseling aarzelde hij.

'Zo ging het toen ook, toch?' Zij had op precies dezelfde manier bij zijn vader gestaan. Korbinian had haar vast gesmeekt hem te helpen. En zij deed niets. Ze staarde paniekerig naar de hartspray in Michaels hand. 'Voelt u het? Voelt u wat mijn vader moet hebben gevoeld op dat moment? Zijn angst, zijn wanhoop...'

'Het spijt me.' Ze richtte zich op. 'Alstublieft... Ik wil niet sterven.' Michael bewoog niet. 'Alstublieft! Help me!'

'U hebt mijn vader ook laten creperen', zei hij minachtend.

'Ik kon niet anders', verdedigde ze zich met haar laatste krachten. 'Hij had me mijn hele leven bedrogen. Maar het spijt me. Ik droom er nog altijd van. Als ik de klok kon terugdraaien, dan...' Ze zweeg stikkend. Hij aarzelde nog heel even maar stak haar toen de spray toe. Ze nam hem en wilde in haar mond spuiten. De spray werkte echter niet. 'Er komt niets uit!' riep ze doodsbang.

'Dat is onmogelijk!' Hij nam de spray uit haar handen en schudde ermee. Ze had gelijk. Het ventiel was stuk. Hij staarde haar hulpeloos aan.

De eerste gasten voor de wijnproeverij arriveerden. Sandra had erop gestaan haar neef bij deze gelegenheid bij te staan. Natuurlijk was ook Lukas bij het evenement aanwezig als manager. Hij kon de verdwenen ring maar niet uit zijn gedachten zetten. Toen kwam Werner eraan in het gezelschap van Maike Steenkamp. Hij had haar net rondgeleid in het hotel. Hij bleef samen met haar bij de tafel met de wijnflessen staan. Daarop lag de pioenroos. Maike reageerde enthousiast toen ze de bloem ontdekte. Pioenrozen waren haar lievelingsbloemen.

'Wat is dat?' Ze boog zich voorover om de bloem nader te bekijken. Er schitterde iets in de bloem. Ze haalde met haar slanke vingers een ring vol diamanten uit de bloem tevoorschijn. Lukas had meteen door wat er aan de hand was. Hij stak zijn hand uit en vroeg de ring. Ondertussen kwamen steeds meer mensen een kijkje dichterbij nemen. Het zou dus toch een openbaar aanzoek worden. Hij wendde zich tot Sandra.

'Het is een beetje anders gelopen dan gepland. Maar dit hier...' Hij stak haar de ring toe. '... is voor jou.' Langzaam begon Sandra te stralen. 'Bij ons verloopt nu eenmaal nogal veel anders dan bij andere mensen', ging hij voort. 'Ik heb namelijk niet jou gehuwd, maar de verkeerde. En nu doe ik je voor de tweede keer een huwelijksaanzoek omdat het de eerste keer nogal vreemd is verlopen.'

'Het was er inderdaad nogal koud', stemde ze met hem in. 'En ongezellig.'

'Het kan dus alleen maar beter worden.' Hij knielde voor haar neer. 'Sandra Ostermeyer, ik houd meer van jou dan ik kan uitdrukken. Ik wil mijn leven met je delen, bij je zijn, elke dag en elke nacht. Tot we oud en grijs zijn.' De twee hadden alleen maar oog voor elkaar, maar alle omstanders keken ontroerd toe. 'En daarom vraag ik je: wil je met me trouwen?' Sandra kon alleen maar zwijgend knikken. Ze trok hem omhoog en kuste hem onstuimig. Vervolgens schoof hij de ring om haar vinger en alle toeschouwers applaudisseerden enthousiast. Zo was het goed. Zo moest het zijn als twee mensen die voor elkaar bestemd waren, elkaar gevonden hadden...

'Mag ik een toost op jullie uitbrengen?' Werner stak zijn glas in de lucht. 'Ondanks de vele hindernissen staat nu niets nog een gelukkig huwelijk in de weg. Ik ben blij voor jullie!' Hij meende zijn gelukwensen oprecht en ook alle gasten proostten op het welzijn van het stralende paar.

'Wat een vreemde start van een wijnproeverij', stelde Maike Steenkamp glimlachend vast.

'Ik heb kosten noch moeite gespaard', zei Simon lachend. Toen werd de luchtige sfeer onderbroken door het gerinkel van Lukas' mobieltje. Michael belde hem. Hij moest onmiddellijk naar zijn moeder komen. Sandra volgde hem geschrokken.

'Wat is er gebeurd?' Cosima lag versuft op de bank toen Lukas en Sandra de woning in kwamen.

'Ze heeft een hartaanval gekregen en we hebben geen spray.' Michael probeerde kalm te blijven. Hij had Cosima een ander middel toegediend, meer kon hij niet doen. De ziekenwagen was onderweg.' 'Maar... Ik weet niet of die tijdig hier zal zijn.' Het duurde even voor de boodschap goed tot Lukas doordrong.

'Ik zou graag met haar alleen zijn', zei hij toen. Sandra en Michael gingen even naar buiten en hij ging bij zijn moeder zitten. Ze opende langzaam haar ogen. Het duurde even voor ze hem herkende, maar nam toen opgelucht zijn hand.

'Je bent gelukkig gekomen', fluisterde ze. 'Ik moet je nog iets zeggen.'

'Je moet helemaal niets', probeerde hij haar tot rust aan te manen. 'Spaar je krachten! Houd nog even vol. De ziekenwagen kan elk ogenblik hier zijn.' Maar ze wilde hem absoluut nog iets zeggen.

'Je vriend Michael...' Ze hapte naar adem. 'Hij had een goede reden om me te laten sterven.'

'Wat zeg je nu?' vroeg Lukas verward.

'Hij heeft zichzelf niets te verwijten', ging ze voort. 'Zeg hem dat het me spijt. Korbinian had niet moeten sterven.' Ze was duidelijk uitgeput. Het drong langzaam tot Lukas door wat ze hem probeerde te vertellen.

'Het klopt dus dat je bij hem was toen hij stierf?' Ze knikte en liet zijn hand los.

'Ik heb er spijt van', hijgde ze. 'Ga nu maar, mijn tijd is gekomen.'

'Zeg dat niet!' antwoordde hij uit zijn lood geslagen.

'Ik leef al veel langer dan ik had durven hopen', zei ze. Lukas slikte. Zijn moeder streelde hem nog een keer zacht over de wang. 'Ik wil dat je gelukkig wordt.' Haar stem klonk zo zacht dat hij haar amper nog verstond. 'Je hebt een vrouw gevonden die echt van je houdt. Houd jij ook van haar?'

'Ja', antwoordde hij schor.

'Doe haar geen pijn, niet zoals ik jou pijn heb gedaan', smeekte ze en sloot haar ogen om even op krachten te komen. 'Je had een zware last te dragen sinds Markus gestorven is', zei ze. 'Zijn dood heeft mijn hart gebroken.'

'Ik heb altijd in zijn schaduw geleefd', bevestigde Lukas somber.

'Maar zonder jou was ik al lang gestorven van verdriet', antwoordde ze. 'Ik heb je vreselijk behandeld. Kun je me het vergeven?' Hij stond even in tweestrijd, maar knikte toen. Ze keek hem voor de laatste maal liefdevol aan. 'Bedankt.' Toen stokte haar ademhaling. Verstard bleef Lukas bij haar zitten. Zijn moeder was gestorven. Cosima was dood.

Barbara bezocht haar zoon in zijn dakappartement. Ze wilde afscheid van hem nemen voor ze voor onbepaalde tijd vertrok. Ze zou eerst naar Tenerife reizen om te bekomen van haar verblijf in de gevangenis. Hoe het daarna verder moest, wist ze zelf nog niet.

'Maar ik hoop dat we elkaar binnenkort terugzien', zei ze liefdevol. 'Ik wil weten hoe het met mijn geweldige zoon gaat.' Ben slikte. Hij had het nog altijd moeilijk. Hij wist dat zijn moeder bijna drie mensen had vermoord. Het was moeilijk nog altijd van haar te houden. 'Maar ongeacht wanneer we elkaar terugzien, je moet één ding beseffen', ging ze ontroerd voort, 'ik zal elke dag aan je denken. Jij bent het enige in mijn leven waarop ik trots ben.' Ze omhelsden elkaar zwijgend. Toen vertrok ze. Ben bleef eenzaam achter.

Maike en Simon aten na de wijnproeverij samen een slaatje aan de bar. De proeverij was een groot succes geweest en Maike loofde Simon om zijn grote inzet. Hij vroeg welke functie zij in de toekomst zou vervullen op het wijngoed van de Steenkamps.

'Als het aan mijn vader ligt, neem ik het bedrijf binnenkort over', zei ze en ze keek plotseling heel ernstig. 'Hij wil namelijk met pensioen gaan.'

'Dan staat u de absolute droombaan te wachten!' riep Simon enthousiast uit.

'U hebt er geen idee van hoe stresserend die functie is', antwoordde ze ietwat afstandelijk.

'Natuurlijk wel,' sprak hij haar tegen, 'ik heb namelijk zelf een klein wijngoed gehad in Australië.' Hij had er echt goede wijnen verbouwd, alleen had Simon te weinig zakelijke kennis gehad om de zaak te leiden. 'Maar op een dag wil ik het opnieuw proberen. Ik mis het wijnbouwen.' Hij keek Maike glimlachend aan. 'Als u dus ooit een geëngageerd wijnkenner nodig hebt, weet u me te vinden. Ik ben bereid hier meteen te vertrekken.'

'Bij de Steenkamps is er op dit moment geen vacature', zei ze kortaf. 'Al helemaal niet op het managementniveau. De leiding van het bedrijf wordt alleen overgelaten aan familieleden.' Simon keek haar een beetje beledigd aan. Waarom was ze nu opeens zo onvriendelijk?

Eva kwam de personeelskamer binnen, waar Hildegard, Alfons en Tanja somber kijkend aan de tafel zaten. Het nieuws dat Cosima Saalfeld was overleden, had zich als een lopend vuurtje verspreid. De ziekenwagen was te laat gekomen, de arts had alleen nog haar dood kunnen vaststellen. Eva hoorde het nieuws nu pas en reageerde geschokt. Cosima was altijd vriendelijk tegen haar geweest. Want ze hadden allebei van Markus gehouden. Het kon geen toeval zijn dat ze Cosima in het Fürstenhof had ontmoet, dat dacht Eva toch. En nu was Markus' moeder dood.

Michael kwam het hotel bedroefd uit gelopen. Voor de ingang stonden Sandra en Lukas. Ze lieten elkaar net los na een innige omhelzing. Michael liep naar zijn huisgenoot.

'Lukas, het spijt me', begon hij. 'Ik weet dat ik verantwoordelijk ben voor haar dood, maar...' Lukas onderbrak hem.

'Je hoeft je niet te verdedigen', zei hij moe. 'Ze wilde gewoon niet meer. En ik moest je ook nog iets zeggen van haar.' Michael keek hem nerveus aan. 'Ze zei dat je jezelf niets te verwijten had.' Lukas begreep niet wat zijn moeder had bedoeld en Michael vertelde hem niet wat er precies was gebeurd in Cosima's woning. Hij vertelde alleen over de defecte hartspray. Lukas werd meteen wantrouwig toen hij vernam dat zijn moeder haar eigen spray niet had kunnen vinden...

'Moeder is dood.' Lukas stond voor zijn vader in zijn hotelkamer en beefde van woede. Götz keek hem eerst oprecht verrast aan. Hij had er niet op gerekend dat Cosima zo snel zou overlijden. Hij wendde zijn gezicht heel even van Lukas af, zodat Lukas niet zag hoe blij hij met dat nieuws was. Daarna keek hij zijn zoon ontzet aan.

'Wat is er gebeurd?' fluisterde hij.

'Dat zou ik jou willen vragen', antwoordde Lukas ijzig. 'Zal ik je meteen proficiat wensen?'

'Wablieft?!' Götz deed alsof hij zijn oren niet kon geloven.

'Ze kreeg een hartaanval en haar spray bleek verdwenen. Daarom is ze gestorven', zei zijn zoon. 'Heb jij hem gestolen?'

'Je bent in de war, Lukas. Dat je me van zoiets durft te beschuldigen...' Götz deed zich medelevend voor, maar Lukas kon zich niet inhouden.

'Ze was bang voor je!' riep hij. 'Ze vreesde dat je haar iets zou aandoen. En even later is ze dood! Je kunt me niet wijsmaken dat het toeval is!'

'Jongen toch, ja, ik was boos op Cosima', verdedigde Götz zich. 'Ze wilde scheiden. Maar ik ben toch geen moordenaar!' Hij merkte dat zijn woorden het juiste effect hadden op Lukas en voegde er nog aan toe: 'We moeten elkaar steunen. Cosima's dood is niet alleen voor jou een schok.'

'Als iemand voordeel haalt uit haar dood, ben jij het wel.' Lukas liep de kamer uit. Götz greep meteen naar de telefoon.

'Boek maar een cruise', zei hij triomfantelijk toen Barbara opnam. 'Het is gelukt! Ik ben miljonair!'

'Ik zou liegen als ik zeg dat haar dood me aangrijpt', zei Werner terwijl hij met Charlotte in het park wandelde. 'Eindelijk is het gedaan met intriges en louche praktijken.' Werner vroeg zich wel bezorgd af hoe het nu verder moest. Waarschijnlijk erfde Götz Zastrow alles. Werner was bang dat Götz dan directeur zou worden.

'Waarom zou hij dat doen?' vroeg Charlotte. 'Hij is advocaat, wat heeft hij te zoeken in een hotel?'

'Zijn echtgenote kende ook niets van hotels en wilde hier toch de scepter zwaaien', bracht Werner ertegenin.

'Moet dat nu?' viel Charlotte toen tot zijn grote verbazing tegen hem uit. 'Ze is nog niet eens begraven en je bent al bezig met hoe het verder moet.'

'Treur jij dan om haar?' vroeg hij verbaasd. 'Ben je vergeten wat ze je allemaal heeft aangedaan?'

'Nee, maar haar dood laat me toch niet koud.' Cosima was de echte dochter van Ludwig Saalfeld. Bij de geboorte was Cosima verwisseld met Charlotte, waardoor Charlotte en niet Cosima haar hele leven in het Fürstenhof had doorgebracht. Ondanks alles wat Cosima had aangericht in het Fürstenhof, had ze haar nooit dood gewenst.

'Ik heb haar de dood in gedreven!' Rosalie kwam totaal overstuur de spreekkamer van Michael in gelopen. Ze maakte zichzelf vreselijke verwijten. Ze was er zeker van dat haar chantagepoging Cosima het leven had gekost. Michael probeerde haar te kalmeren en zei dat Cosima was overleden omdat de hartspray niet had gewerkt. 'Godzijdank!' zei Rosalie opgelucht. 'Ik bedoel, ik vind het in feite helemaal niet erg dat die vrouw dood is. Al vind ik het wel erg van het geld dat ik nu nooit zal krijgen. Dat kan ik nu nog moeilijk opeisen. Wat moet ik nu doen?' Michael verloor zijn geduld.

'Dat is mijn probleem niet!' snauwde hij en hij vroeg Rosalie hem alleen te laten. Beledigd deed ze wat hij haar vroeg.

Robert had een korte mededeling voorbereid voor het personeel in de keuken en het restaurant.

'Het overlijden verandert niets aan onze planning', kondigde hij aan. 'Alles gaat verder zoals normaal. Ik neem aan dat sommige mensen stiekem opgelucht zullen zijn, omdat de arbeidsomstandigheden nu waarschijnlijk beter zullen worden. Mocht er toch iemand willen treuren om de overledene, gelieve dat dan niet tijdens het werk te doen!'

'Waarom kwetst u de personen die wel een goede relatie met mevrouw Saalfeld hadden?' nam Eva Krendlinger het woord.

‘U mag ons gerust proberen te overtuigen van de goede eigenschappen van mevrouw Saalfeld’, reageerde Robert. ‘Dan begrijpen we misschien waarom u zich daarover zo druk maakt.’

‘Hoe kunt u zo gevoelloos zijn?’ Eva trok haar diensterschort uit en wierp hem in Roberts richting. ‘Ik neem vakantie!’

10

Die avond zat Lukas over een stapel documenten gebogen in zijn kantoor. Sandra kwam bezorgd binnen. Ze had hem overal gezocht. Hij vertelde haar dat hij bij zijn vader was geweest.

'Denk je dat hij iets te maken heeft met de dood van je moeder?' Lukas haalde zijn schouders op.

'Ik heb me blijkbaar vergist', zuchtte hij.

'Ze was wel bang voor hem', zei Sandra.

'Waarschijnlijk, ja', gaf hij toe. 'Maar hij had er niets mee te maken. En daarmee is het onderwerp wat mij betreft afgesloten.' Hij boog zich weer over zijn papieren. 'Dit is een checklist', zei hij. 'Daarop staat alles wat er bij een overlijden moet gebeuren.'

'Dat kan toch wachten tot morgen', zei Sandra voorzichtig. 'Kom nu met me mee.'

'Hoe sneller dit achter de rug is, hoe beter', antwoordde hij. De volgende dag hadden ze trouwens een afspraak met de bank om hun hotelproject in het Reuzengebergte te bespreken en die wilde hij niet verschuiven. 'Het gaat om onze toekomst. En dat is het enige wat nu nog belangrijk is.'

'Onze toekomst gaat niet lopen.' Sandra streelde hem zacht over zijn rug. 'Het is nu belangrijk dat je de dood van je moeder verwerkt.'

'Haar dood verandert niet veel', beweerde hij. 'Ik heb altijd gevreesd dat haar hart het zou opgeven en dat ze zou sterven.' Al sinds hij kind was, hing die mogelijkheid als het zwaard van Damocles boven zijn hoofd. 'En nu is het zover.'

'Voelt het dan nu niet anders aan dan toen je er alleen maar voor vreesde?' drong ze aan.

'Nee', antwoordde hij vastberaden. 'Ik heb het hoofdstuk met haar al lang afgesloten. Het enige wat nog moet gebeuren, staat op deze lijst.'

Michael bracht de nacht door in zijn praktijk en bedronk zich tot hij stomdronken was. Hij werd geplaagd door schuldgevoelens. Hij had de eed van Hippocrates gebroken, door zijn schuld was Cosima Saalfeld overleden.

Toen Rosalie de volgende ochtend de personeelskamer in kwam en zag hoe Eva Krendlinger een foto van Cosima met een rouwband wilde ophangen, reageerde ze geërgerd.

'Dat wil ik hier niet zien', zei ze meteen.

'Deze vrouw is gestorven en ze heeft een belangrijke rol hier in het hotel gespeeld', zei Eva boos. 'Waarom is iedereen hier zo hardvochtig?'

'Als hier iemand hardvochtig was, was het Cosima Saalfeld wel', snauwde Rosalie. 'U hebt blijkbaar echt geen idee hoe die vrouw echt was.'

'Leg me het dan eens uit', zei Eva uitdagend.

'Ze heeft me proberen te vermoorden!' riep Rosalie. 'Ze wilde me in mijn auto met uitlaatgassen verstikken. Gelukkig werd ik tijdig gevonden en gered, maar ik lag wel maandenlang in coma.' Eva hapte naar lucht. Ze merkte dat Rosalie de waarheid vertelde. 'Als ik geen bewijzen tegen

Cosima in handen had gehad, waarmee ik klacht tegen haar had kunnen indienen, was ik nu waarschijnlijk al lang dood geweest!' Ze vertelde Eva ook waarom ze Eva in het restaurant had beschuldigd een moordenares te zijn. Eva droeg toen de armband die ze van Cosima had gekregen. Cosima had de armband gedragen toen ze bij Rosalie in de auto had gezeten, en Rosalie had het gerinkel ervan herkend.

'Ik weet niet wat ik moet zeggen.' Eva was oprecht geschokt door deze informatie over Cosima.

Lukas had heel onrustig geslapen die nacht. Sandra herinnerde hem eraan dat hij het verdriet om zijn moeder nog een plek moest geven.

'Toen ik onze baby verloor, blokkeerde ik compleet', vertelde ze. 'Ik probeerde te vergeten wat er was gebeurd en was niet in staat te treuren. Jij hebt mijn ogen geopend.' Lukas leek zich nu op dezelfde manier af te sluiten van de wereld. Ze wilde hem helpen, maar hij wuifde haar hulp weg.

'Maak je geen zorgen om mij', zei hij. 'Ik kom haar dood wel te boven.'

Toch ging hij niet meteen naar het kantoor, maar liep hij even langs Cosima's woning. Hij opende de kast waarin ze haar persoonlijke spullen bewaarde en vond een houten kistje. Daarin zaten foto's van hem en zijn broer en zus toen ze jong waren. Hij bekeek de foto's ontroerd.

'Wat doe jij hier?' Götz reageerde meteen wantrouwig toen hij zijn zoon aantrof in Cosima's woning. 'Je vergeet hopelijk niet dat al haar spullen tot de erfenis behoren. Cosima en ik hebben een testament opgesteld waarin ik haar begunstigde ben.'

'Ben je echt zo hebzuchtig dat je bang bent dat ik hier iets wegneem?' Woedend en minachtend keek Lukas zijn vader aan. 'Op de persoonlijke spullen van mijn moeder heb je in geen geval recht. Die neem ik mee, of je dat wilt of niet.' Hij klemde het kistje onder zijn arm. Götz rolde met zijn ogen. 'Dankzij de erfenis zul je rijk zijn', stelde Lukas vast. 'Maar je zult sterven als een eenzame man, om wie niemand een traan zal laten. Ik schaam me dat ik jouw zoon ben.'

'Waarom werk je al je woede op mij uit?' vroeg Götz al net zo boos. 'Heb je misschien niet de kans gehad het uit te praten met je moeder?'

'Voor ze stierf, hebben we gelukkig nog enkele minuten met elkaar kunnen praten', antwoordde Lukas zacht. 'We hebben ons verzoend.' Götz besefte dat hij een gevoelig onderwerp had aangesneden. Hij lachte luid.

'Dat kan ik me amper voorstellen!' zei hij spottend. 'Zoals zij over je sprak! Je was voor Cosima alleen maar een waardeloze vervanger voor Markus!' Lukas' ogen vernauwden zich tot spleetjes, maar zijn vader ging voort: 'Ik heb het altijd voor je opgenomen bij haar, maar ze was gewoon te ontgoocheld in je. En ik vrees dat ze gelijk had. Je was voor haar de schande van de familie. Ze beschouwde je als een zwakkeling.' Lukas werd rood. Hij liet het kistje vallen en greep zijn vader bij de keel. Götz hapte naar adem, maar Lukas kneep nog harder. Hij leek wel buiten zinnen en bleef de nek van zijn vader stevig vasthouden. Götz rochelde. Pas op het laatste moment liet Lukas hem los. 'Zwakkeling!' snauwde Götz minachtend. 'Zelfs dit kun je niet.'

'Ik maak mijn handen niet aan je vuil.' Lukas verliet de woning snel. Zijn vader keek hem vervuld van haat na.

Rosalie was op zoek naar Michael. Toen ze hem nergens vond, nam ze de loper van het hotel en opende daarmee de deur van zijn praktijk. Michael lag met zijn kleren aan op de behandeltafel te slapen. Verspreid op de vloer lagen lege wijnflessen. Ze schudde hem wakker.

'Wat doe jij hier?' kreunde hij en hij greep met zijn handen naar zijn bonzende hoofd.

'Waarom heb jij je bezat?' vroeg ze. Hij wilde alleen gelaten worden, maar Rosalie schudde het hoofd. Ze wilde weten wat er aan de hand was. 'Heeft dit iets te maken met Cosima's dood?' vroeg ze. 'Dat zij dood is, zou net een opluchting voor je moeten zijn.' Hij kromp in elkaar.

'Rosalie, ga weg!' snauwde hij toen. 'Maak jij je maar zorgen over je geld en laat mij met rust.'

'Denk je dat ik het leuk vind ruzie te maken met een bezopen kerel zoals jij?!' riep ze terug. 'Ik maak me zorgen om je.' Hij keek haar in haar ogen.

'Het is mijn schuld dat ze dood is', fluisterde hij. 'Ik heb haar gedood.' Toen vertelde hij haar wat er de vorige dag was gebeurd.

'Je hebt gedaan wat je kon', zei Rosalie toen ze het hele verhaal had gehoord.

'Dat is niet zo!' protesteerde hij. 'Ik ben arts. Ik ben verplicht iedereens leven te redden. Maar gisteren heb ik me niet aan die plicht gehouden.' Zijn wanhoop trof haar diep. Ze streelde hem medelevend over zijn arm.

'Misschien kon je gisteren gewoon geen arts zijn', zei ze. 'Cosima heeft je vader laten sterven! Je was gisteren een gewoon mens met verwarde, maar begrijpelijke gevoelens.'

'Ik wou dat je gelijk had.' Maar ze kreeg hem niet getroost. Hij had gewild dat Cosima stierf, net zoals zijn vader. Rosalie kon zich beter dan hij dacht voorstellen hoe schuldig hij zich voelde. Zij had ooit haar moeder laten sterven toen die pillen had geslikt en zo zelfmoord had gepleegd. Maar Michael vond dat die twee zaken niet te vergelijken waren. Rosalie was toen nog bijna een kind. Hij was een volwassene. En hij was arts. Het was zijn plicht mensen te helpen.

'Ik wil alleen maar zeggen dat ik mijn moeder op mijn geweten heb en heb moeten leren leven met mijn schuldgevoelens. En dat is precies wat jij ook moet doen.' Hij zweeg even en liet haar woorden tot hem doordringen.

'Bedankt om me in vertrouwen te nemen.' Ze glimlachte bedroefd naar hem.

'Je bent in elk geval niet de enige die met dat gevoel worstelt', stelde ze vast en ging toen weg.

Robert belde met Miriam. Ze was met een vriendin aan zee om zich daar in alle rust voor te bereiden op de bevalling. Natuurlijk miste ze haar man. Maar zolang Robert zich in het Fürstenhof nuttig kon maken, kon ze het wel zonder hem redden. Ook het personeel in zijn restaurant in Parijs kon nog enkele dagen zonder hem voort, hij hoefde zich dus geen zorgen te maken.

Robert zat wel met de ruzie met Eva Krendlinger in zijn maag. Hij was dan ook blij dat ze hem aansprak.

'Ik wil u nog iets vertellen in verband met wat er gisteren is gebeurd', begon ze. 'Ik heb ondertussen gehoord dat Cosima Saalfeld niet altijd een gemakkelijk persoon was. Maar ik kende haar anders. Ik kende ook haar andere kant...' Ze vermoedde dat Cosima door een zware tegenslag was veranderd. 'Ze heeft Markus' dood nooit verwerkt, vermoed ik. Waarschijnlijk is ze daarom geworden zoals ze nu was.'

'Ik kende alleen die ene kant', antwoordde Robert nadenkend. 'Maar ik begrijp niet welke relatie u met haar had.' Eva aarzelde, maar besloot het hele verhaal te vertellen.

'Haar zoon Markus was mijn grote liefde', zei ze zacht. Het duurde even voor hij besefte wat ze net had verteld.

'Wat ben ik soms toch een idioot', gaf hij toe. 'Ik had moeten inzien dat er meer aan de hand was als u zo reageerde. Het spijt me als ik u heb gekwetst. Ik mag u namelijk heel graag.' Er verscheen een verraste glimlach op Eva's gezicht.

Vandaag vond opnieuw een wijnproeverij met wijnen van Steenkamp plaats, ditmaal was de vakpers uitgenodigd. Tot zijn grote verrassing stelde Simon vast dat Maike Steenkamp enkele vragen van de journalisten niet kon beantwoorden. Hij moest haar meer dan eens uit een lastige situatie verlossen. Er klopte iets niet...

Hij besloot Maike te confronteren met zijn verdenking.

'U hebt nooit oenologie gestudeerd', zei hij rechtuit toen de journalisten een rondleiding door het hotel maakten. De glimlach op Maikes gezicht bevroor.

'U hebt gelijk', bekende ze na een lange stilte. 'Ik ben geen oenologe. Ik heb een opleiding tot vliegtuigtechnicus gevolgd. Vliegtuigen zijn namelijk mijn passie.' Simon keek haar stomverbaasd aan. 'Maar mijn vader...' Hij dacht dat Maike in Duitsland oenologie studeerde. 'Daarom moet ik de wijnproeverij hier leiden. Ik hoop dat hij niet te weten komt dat ik tegen hem lieg.'

'Waarom liegt u tegen uw vader?' vroeg Simon nog altijd stomverbaasd.

'Omdat hij mijn studies anders niet wil betalen.' Maikes vader zou vinden dat ze hem verraadde als ze niet in het familiebedrijf stapte. 'Zult u het hem vertellen?' Simon schudde zijn hoofd.

'U moet zelf beslissen wanneer u die komedie beëindigt', vond hij. Ze bedankte hem opgelucht. 'Maar ooit zal hij u doorhebben.' Dat besefte Maike maar al te goed. Ze had ondertussen al gesolliciteerd bij een vliegtuigbouwer en had ook al deelgenomen aan de selectieprocedure.

'Als ik de baan heb, stel ik mijn vader voor een voldongen feit', legde ze vastberaden uit. 'Hij zal dan inzien dat ik de juiste keuze heb gemaakt. Voor mij dan toch.' Ze had later die dag in München opnieuw een persoonlijk gesprek. Ze vroeg Simon voor haar te duimen. Natuurlijk beloofde hij dat voor haar te doen.

Hoewel zijn zoon hem bijna had vermoord, zat Götz op het terras van het hotel te telefoneren. Hij zag er goedgehumeurd uit en lachte luid met een grap van zijn gesprekspartner. André hoorde het toevallig en werd razend. Hij had Cosima graag gemogen, op zijn eigen manier. Net als Eva Krendlinger ergerde hij zich eraan dat niemand in het Fürstenhof het erg leek te vinden dat Cosima dood was.

'U lijkt helemaal op te fleuren na de dood van uw vrouw', riep hij Götz toe. 'Misschien ligt dat aan de mooie erfenis die u nu te wachten staat.'

'Let op!' Götz' stem klonk dreigend. 'Ik beheer vanaf nu de aandelen van Cosima en dat betekent vijftig procent van het Fürstenhof.' Andrés gezicht verstarde. Daaraan had hij nog niet gedacht. 'Ik ben dus vanaf nu uw baas, meneer Konopka. En de volgende fout die u maakt, is meteen de laatste hier in het Fürstenhof. Is dat duidelijk?'

Lukas was nog altijd buiten zichzelf van woede. Toen de Sonnbichlers hem hun medeleven wilden betuigen, snauwde hij hen af en rende het park in. Sandra ging hem achterna. Het werd haar verloofde duidelijk te veel. Hij bekende haar dat hij zijn vader bijna had gewurgd. Hij verzweeg wel wat hem zo boos had gemaakt.

'Mijn vader is een berekende klootzak', zei hij vervuld van haat. 'En mijn moeder was al niet veel beter. Ze zag me niet graag, ze deed er alles aan om onze liefde kapot te krijgen. Ik ben blij dat ze dood is.'

'Dat is niet waar', sprak Sandra hem zacht maar vastberaden tegen. 'Je hebt altijd weer gevochten om haar liefde.' Hij wilde er niets meer over horen, maar ze liet zich niet afwimpelen. 'Je mag je bedroefdheid niet verdringen', zei ze. 'Je kunt je gevoelens niet uitschakelen. Dat zouden wij toch moeten weten.'

Lukas verdrong zijn verdriet en pijn. Sandra maakte zich echt zorgen. Hij had altijd een moeilijke relatie met zijn moeder gehad. Toch had hij van haar gehouden. En zij ook van hem, op haar manier dan. Zelfs toen Cosima steeds weer had geprobeerd de relatie tussen Sandra en haar zoon te saboteren. Sandra was er zeker van dat Cosima daar uiteindelijk spijt van had. Anders zou ze Lukas en haar toch nooit haar aandelen in het Fürstenhof hebben willen schenken? Bedroefd staarde Sandra voor zich uit. Het zou hun veel leed hebben bespaard als Lukas en zijn moeder altijd eerlijk met elkaar hadden omgegaan. Maar daarvoor was het nu te laat.

Lukas verontschuldigde zich bij Hildegard voor zijn barse reactie eerder die dag.

'Geeft niet', zei Hildegard begripvol. 'Het is gewoon te veel voor u op dit moment. We leven allemaal met u mee. Het is een groot verlies. Al was het niet altijd gemakkelijk voor u om het met uw moeder te vinden.'

'Dat is zo', bevestigde Lukas.

'U mag zichzelf echter niets verwijten', zei ze vriendelijk.

'Ik verwijt mij niets, maar haar', reageerde hij gekwetst.

'De meeste mensen hebben meer geluk met hun ouders dan u', zei Hildegard medelevend. 'Toch bent u een zoon en u wilt geliefd worden door uw ouders. U hield van uw moeder en mist haar.' De tranen sprongen Lukas in de ogen. Hildegards woorden troffen hem diep. Hij draaide zich om, zodat ze niet zag dat hij huilde.

11

Michael had een besluit genomen. Hij deelde Werner Saalfeld mee dat hij meteen zou stoppen met zijn praktijk in het Fürstenhof. Hij wilde niet zeggen waarom.

'U bent echt vastbesloten ermee op te houden?' De arts knikte. 'Als u dat wilt.' Werner haalde zijn schouders op. 'Het is uw praktijk. U moet wel het huurcontract naleven, dat is bindend. We kunnen dat niet zomaar ontbinden.'

'U vindt vast snel een nieuwe arts om de praktijk over te nemen', zei Michael. 'De praktijk draait heel goed. Er staan collega's te springen om hier te werken.'

'Goed dan...' zei Werner na een korte aarzeling. 'Ik kan u niet tegenhouden.'

'Het is dus waar.' Rosalie kwam de praktijk binnenvallen terwijl Michael al enkele spullen aan het inpakken was. 'Je gaat ervandoor.'

'Ik wil niet meer als arts werken', antwoordde hij zacht. Ze mocht nog honderdmaal herhalen dat hij niet schuldig was aan Cosima's dood. Hij dacht daar anders over. En hij wilde een nieuwe start maken.

'Maar je bent toch arts in hart en nieren!' wierp Rosalie op. 'Waarom wil je dat kapotmaken?' Hij zweeg. 'En je zoon dan?' ging ze voort. 'Hoe zul je voor hem zorgen?'

'Dat weet ik nog niet', gaf hij stilletjes toe. 'Maar daar vind ik nog wel wat op.'

'Denk je dat hij trots zal zijn op zijn vader als die het zo snel opgeeft?' vroeg Rosalie.

'Dat gaat je niets aan!' Michael probeerde zich er wanhopig uit te praten.

'Het gaat me wel wat aan.' Ze sloeg plotseling een zakelijke toon aan. 'Ik ben namelijk sinds kort opnieuw manager van het Fürstenhof. En jij hebt een huurcontract afgesloten met het hotel.'

'Dat heb ik al met meneer Saalfeld besproken...' wierp hij op, maar ze onderbrak hem.

'En hij denkt blijkbaar dat hij een beslissing kan nemen over iets waarover hij niets te zeggen heeft. Ik sta er namelijk op dat je het contract naleeft. En daarin staat dat je een opzegtermijn van 1 jaar moet respecteren.' Ze draaide zich om en liep weg. Hij keek haar met zijn mond vol tanden na.

'Iedereen houdt van zijn ouders, of je dat nu wilt of niet. Daarin heeft mevrouw Sonnbichler helaas gelijk.' Lukas was naar Sandra in de serre gegaan om haar te vertellen over het gesprek met Hildegard. 'Ik heb mijn moeder de afgelopen jaren nooit echt gelukkig weten zijn', zei hij nadenkend. 'Sinds Markus' dood was ze helemaal veranderd.'

'Vind je het niet vreemd dat ze aan de ene kant je de dood van je broer verweet en aan de andere kant troost bij je zocht?' vroeg Sandra.

'Waarschijnlijk probeerde ze me daarom op alle mogelijke manieren aan haar te binden', vermoedde hij zuchtend. 'Vandaar ook al die intriges tegen jou.'

'Vreemd om iemand zo lief te hebben', zei Sandra.

'Toch heb ik haar altijd weer vergeven', herinnerde hij zich. 'Ik ben blij dat we ons net voor haar dood nog met elkaar hebben verzoend.'

'Zul je het je vader ook ooit kunnen vergeven?' Lukas haalde zijn schouders op. Enkele uren geleden had hij Götz willen vermoorden. 'Toch heeft iets je tegengehouden', stelde Sandra vast. Hij knikte.

'Ja, ik dacht aan jou.' Hij trok haar dicht tegen zich aan. 'De haat voor mijn vader verdween als sneeuw voor de zon en leek onbelangrijk in vergelijking met onze liefde', zei hij lief.

'Je wilde me spreken?' Michael had Rosalie gevraagd die avond naar zijn woning te komen en bedankte haar dat ze op zijn verzoek was ingegaan.

'Ik zoek een manier om het huurcontract vroegtijdig te beëindigen', zei hij.

'Dat is alleen mogelijk als beide partijen het daarover eens zijn', antwoordde ze.

'Waarom wil je me hier houden?' vroeg hij geërgerd.

'Ik wil je behoeden voor een fout', antwoordde ze rustig.

'Hoe kun jij nu weten wat goed of fout voor me is?' reageerde hij boos. 'Daarvoor ken je me niet goed genoeg.'

'Je bent een arts die op dit moment zwelgt in zelfmedelijden', zei ze uitdagend.

'Ik wil geen arts meer zijn, want ik heb een zware fout gemaakt', zei hij afgemeten.

'Natuurlijk maak je fouten! Je bent een mens, geen machine!' Maar Michael was er vast van overtuigd dat hij ook als mens had gefaald. 'Je loopt gewoon weg. Zo los je problemen toch niet op.' Diep vanbinnen wist hij dat ze gelijk had. Maar hij kon het niet verdragen dat ze hem doorhad.

'Als je dan toch vindt dat ik alles verkeerd doe, laat me dan gaan!' riep hij boos. Ze liep naar hem toe. In haar blik was duidelijk te zien hoeveel ze om Michael gaf.

'Je bent misschien een lafaard die zijn verantwoordelijkheid ontloopt, maar je bent de enige hier in het Fürstenhof die mij...' Ze zweeg. Hij begreep wat ze wilde zeggen. 'Ik wil je niet kwijt. En jij hoeft voor mij ook niet de stoere man te spelen.' Ze stonden heel dicht bij elkaar. Er sprong een vonk tussen hen over. Rosalie nam het heft in handen en kuste hem. Hij gaf zich over en kuste haar passioneel. Toen kwam Lukas zonder te kloppen de spreekkamer in.

'O, excuseer', mompelde hij verlegen.

'Nou dan... Fijne avond nog.' Rosalie probeerde nonchalant afscheid te nemen.

'Dat zag er nogal passioneel uit', zei Lukas en hij gaf zijn vriend een schouderklopje.

'Ik zie Rosalie graag', bekende Michael. 'Maar of ik echt verliefd ben op haar? Ik weet het niet.'

André en zijn broer hadden net een partijtje schaken achter de rug, maar de chef-kok had zich niet goed kunnen concentreren. Hij kon het gesprek met Götz Zastrow maar niet uit zijn hoofd zetten. De advocaat had in bedekte termen met ontslag gedreigd. Maar Werner hechtte er weinig belang aan.

'Laat je toch niet gek maken door hem', zei hij. 'Je bent er nog. En dat heb je te danken aan Cosima Saalfeld, omdat die zich voor je heeft ingezet.'

'Zij was maar half zo doortrapt als haar man', zei André.

'Ik weet niet waarom je zo bang bent voor die louche advocaat', zei Werner spottend. 'Jullie konden het toch goed met elkaar vinden?'

'Ik heb voor de rechter niet opgebiecht wat Götz Zastrow wilde horen!' riep de chef-kok meteen boos.

'Er kwamen toch enkele onfrisse zaken aan het licht.' Werner keek hem grimmig aan.

'Begin je nu alweer?!' André kreunde. 'Ik dacht dat we het hadden bijgelegd.'

'Dus jij denkt dat omdat wij samen een oude jas hebben verbrand, alles weer koek en ei is?' bromde Werner.

'We zijn broers en als het erop aankwam, stond ik altijd aan jouw kant.' Dat herinnerde Werner zich anders.

'Jij hebt samengespannen met iedereen die een intrige tegen me plande', verweet hij André. 'Ook met Götz Zastrow. Waarom zou ik je nu tegen hem helpen?'

De volgende ochtend liep Lukas net het hotel uit toen Eva eraan kwam om aan het werk te gaan. Ze aarzelde even, maar liep toen naar hem toe.

'Ik vind het heel erg wat er is gebeurd', zei ze. Hij knikte zwijgend. 'Ik heb uw moeder slechts heel kort gekend, maar ik mocht haar wel.'

'Je bent de eerste die dat tegen me zegt', antwoordde hij verbitterd.

'Wat de anderen ook zeggen, ik heb kennisgemaakt met haar vriendelijke, hartelijke kant.' Lukas merkte dat Eva's woorden uit haar hart kwamen. 'En ik weet hoe veel pijn het doet. Je hebt plotseling het gevoel dat je nog zo veel wilde zeggen of doen...' Haar ouders waren al lang overleden en ze had nog maar net ontdekt dat haar vader niet haar echte vader was geweest. Blijkbaar had haar moeder een verhouding gehad en daaruit was Eva geboren. Met Gustl, de halfbroer van Alfons Sonnbichler. Eva kende hem niet. 'Mijn broer en ik waren totaal van streek toen onze ouders stierven', vertelde ze. 'We voelden ons zo alleen op de wereld...'

'En al die formaliteiten die je moet afhandelen', vulde Lukas zuchtend aan.

'Als u hulp nodig hebt...' bood ze spontaan aan. 'Bij de voorbereiding van de begrafenis bijvoorbeeld... Zeg het me dan, alstublieft.'

'Dat is heel vriendelijk van u, maar ik wil u daarmee niet belasten.' Hij had trouwens het gevoel dat hij maar beter veel te doen kon hebben.

'Komt uw zus?' vroeg Eva nog. Hij knikte. Hij had daarstraks lang met Lena getelefoneerd.

Rosalie had niets meer van zich laten horen bij Michael, maar ze had goede hoop dat ze hem wakker had geschud en dat hij zou afzien van zijn plan om het Fürstenhof halsoverkop te verlaten. Ze probeerde nu eerst haar geld los te krijgen bij Götz Zastrow. Hij zat op het terras van het hotel een kop koffie te drinken. Hij deed natuurlijk moeilijk, waarom zou hij in hemelsnaam Cosima's schulden aflossen? Rosalie dreigde ermee naar de politie te stappen en daar te vertellen over de moordaanslag. Ze zou erbij vertellen dat Cosima haar geld had geboden om te zwijgen.

'Dan zal ik verklaren dat Cosima door jou werd afgeperst', zei Götz fijntjes.

'Dat is jouw woord tegen het mijne', stelde Rosalie vast en ze deed zich zelfverzekerder voor dan ze zich voelde. 'Dat risico neem ik.' Ze keek hem vastbesloten aan en ten slotte gaf Götz toe.

'Goed dan', zuchtte hij. 'Ik heb een voorstel.' Hij bood haar honderdvijftigduizend euro aan. Ze slaagde erin het bedrag op te drijven tot tweehonderdduizend. 'In ruil daarvoor wil ik de schuldbekentenis en Cosima's schriftelijke bekentenis', eiste hij. Rosalie aarzelde even. Die bekentenis... Die was er niet meer. 'Zodat je niet meer op het idee kunt komen Cosima's nagedachtenis te besmeuren', voegde Götz eraan toe.

'Maak je je zorgen om haar goede reputatie?' vroeg Rosalie spottend. 'Waarom heb je me dan tegen haar opgezet? Het was jouw idee haar onder druk te zetten.'

'Houd je insinuaties maar voor jezelf!' snauwde hij. 'Je krijgt je geld. Van mij welteverstaan.'

'Jij hebt alleen maar geld omdat je het van Cosima erft', zei ze minachtend.

'Goed, dat geef ik toe.' Hij sloeg een sarcastische toon aan. 'En die erfenis heb ik onrechtstreeks aan jou te danken.'

'Dat heb je weer goed bedacht', verzette Rosalie zich. 'Van mij de zondenbok maken.'

'Zo is het toch? Het lijkt erop dat mijn vrouw zo is geschrokken dat ze een hartaanval heeft gekregen.' De twee hadden niet door dat Lukas het terras op was gekomen met enkele nieuwe gasten. Hij was erg geïnteresseerd in wat zijn vader en Rosalie te bespreken hadden. Hij luisterde hen onopvallend af. Hij verstarde toen hij hoorde dat Rosalie de hartaanval van zijn moeder zou hebben veroorzaakt.

Nadat ze het terras had verlaten en het park in liep, volgde hij haar en sprak haar een beetje verderop aan. Ze ontkende dat ze iets te maken had met de dood van Cosima, maar Lukas liet zich niet zomaar afschepen.

'Mijn moeder wilde jou doden', zei hij. 'Maar jij diende daarvoor geen klacht tegen haar in.' Ze had dus zwijggeld gekregen van Cosima, dat wist hij nu heel zeker. 'Je hebt haar afgeperst!' Rosalie wilde weglopen, maar hij greep haar bij de arm vast. 'Wat is er tussen jou en mijn moeder gebeurd voor ze stierf?!' riep hij woedend.

'Niets!' siste ze. 'Ben je gek geworden?' Ze rukte zich los en rende snel weg.

'Ik heb je hulp nodig.' Lukas was verward bij Michael aangekomen. 'Ik denk dat Rosalie de dood van mijn moeder heeft veroorzaakt. Ik heb gehoord dat mijn vader haar dat verweet. Ze heeft mijn moeder blijkbaar erg laten schrikken, waardoor ze een hartaanval kreeg.'

'Je moeder is dood', probeerde Michael hem te kalmeren. 'Daaraan veranderen al die gissingen niets.' Maar Lukas vond niet dat Rosalie er zo gemakkelijk van af mocht komen als ze schuldig was aan Cosima's dood. 'Het is niet Rosalies schuld!' barstte Michael plotseling vertwijfeld uit. 'Het is mijn schuld.' Lukas keek hem geschokt aan. 'Ze belde me omdat ze haar spray niet kon vinden. Ik ging naar haar toe en... Ik heb even gewacht voor ik haar mijn spray gaf.'

'Heb je geweigerd mijn moeder te helpen?'

De tranen sprongen Michael in de ogen.

'Het duurde maar enkele seconden. Maar misschien waren die van levensbelang! Toen ik haar de spray gaf, bleek die niet te werken en toen was het te laat...' Het duurde even voor deze informatie tot Lukas doordrong.

'Je nam dus het risico dat mijn moeder kon sterven?' vroeg hij. 'Ben je gek geworden?'

'Ik dacht aan mijn vader', bekende Michael zacht. 'Je moeder was bij hem toen hij een beroerte kreeg. Ze heeft hem laten creperen.' Dat had Cosima net voor haar dood bekend aan haar zoon.

'Je bent al net zo wreed als zij', zei Lukas trillend. 'Ja, ze heeft dat allemaal gedaan. En ze heeft Rosalie proberen te vermoorden. Maar dat geeft jou niet het recht te beslissen over haar leven!'

'Dat weet ik!' riep zijn vriend van streek. 'Ik zou er alles voor overhebben om de klok terug te draaien. Geloof me!'

'Je bent arts!' zei Lukas. 'Je hebt een eed afgelegd en gezworen dat je mensen altijd zult helpen!'

'Ik sluit de praktijk', zei Michael. 'Ik weet niet eens of ik ooit nog als arts aan de slag zal gaan. Ik kan het niet loslaten. Ik... Lukas, alsjeblieft!' Maar Lukas kon hem niet zeggen dat hij het hem vergaf, hoe erg Michael hiernaar ook snakte.

'Ze is dood en dat is zijn schuld!' Lukas kwam totaal van streek de serre in gelopen waar Sandra aan het werk was. Ze probeerde hem te kalmeren.

'Probeer het rustig te bekijken', drong ze aan. 'Dokter Niederbühl heeft heel even geaarzeld, maar daarna heeft hij meteen de ziekenwagen gebeld.' Ze kon niet anders dan Michael verdedigen. 'Je moeder heeft de vreselijkste dingen in haar leven begaan. Michael heeft alleen een kort moment van zwakte gehad.' Lukas kende dat gevoel toch. Hij was zijn vader zelf pas nog naar de keel gevlogen. 'Nu weten we tenminste wat je moeder bedoelde met haar laatste woorden', besefte Sandra plotseling. 'Dat dokter Niederbühl zich niets te verwijten heeft.' Als Cosima het de arts vergaf, moest Lukas dat ook kunnen. 'Hij is tenslotte je beste vriend!' Maar Lukas weigerde naar zijn vriendin te luisteren. Hij was nog te erg van streek door wat Michael hem net had opgebiecht. Hij wilde het er niet meer over hebben en veranderde daarom van onderwerp.

'We houden ons toch aan onze afspraak van overmorgen?' Ze hadden pas beslist te huwen en hij wilde het huwelijk in geen geval uitstellen. 'Tenzij jij dat echt wilt?' Ze schudde het hoofd. Toen kusten ze elkaar. Want ondanks alles wat er was gebeurd, hielden ze van elkaar. Ze konden amper wachten om te huwen.

12

Vandaag kwam Lukas' zus, Lena Zastrow, aan in het Fürstenhof voor de begrafenis van haar moeder. Toevallig liep ze in de lobby al meteen haar vader tegen het lijf.

'Lena!' riep Götz blij uit. 'Ben je er al?'

'Ik zou 's middags komen en het is middag', zei ze onvriendelijk.

'Je ziet er goed uit!' Hij wilde haar omhelzen, maar ze ontweek hem. Ze had ook geen zin om met hem te eten. 'Maar ik wil weten hoe het met je gaat.'

'Omgekeerd is dat helaas niet het geval', zei ze koeltjes. 'Ik ben hier voor de begrafenis en voor Lukas' huwelijk, als dat nog doorgaat. Gezellig kletsen met mijn vader staat niet op het programma.' Tegen zijn zin moest Götz zich neerleggen bij haar afwijzing.

Rosalie, Werner, Charlotte, Alfons, Robert en Tanja vergaderden in de woning van de Saalfelds. Ze hadden het over de begrafenis van Cosima Saalfeld. Vooral Werner wilde dat het er discreet aan toeging. De gasten mochten er amper iets van merken.

'En dan over naar een leuk onderwerp', ging Werner voort. 'Sandra en Lukas huwen over twee dagen.' De kamers voor de gasten die zouden blijven overnachten, waren al gereserveerd. Robert zou zich hoogstpersoonlijk bezighouden met het menu voor het huwelijksfeest van zijn halfzus. Er viel dus niets meer te bespreken. Maar net toen iedereen wilde opstaan, nam Rosalie het woord.

'Er is nog een belangrijke kwestie', zei ze. 'De artsenpraktijk!' Werner knikte. 'Dokter Niederbühl wil ons verlaten...'

'Verlaten?' Tanja onderbrak haar stomverbaasd.

'Hij wil de praktijk sluiten en hier weggaan', bevestigde Rosalie. 'Wist u dat nog niet?' Tanja keek Charlotte vragend aan, maar ook zij stak haar handen verbaasd in de lucht. Michael had de twee vrouwen niets verteld. Tanja had hem de laatste tijd amper nog gesproken. Haar nieuwe baan als hoofd van de huishouding nam haar volledig in beslag. Ze probeerde daarnaast er zo veel mogelijk te zijn voor Fabien. En ze wilde een goede echtgenote voor Nils zijn. Michael zou wat meemaken. Had hij ook maar één moment aan Fabien gedacht? Ze rende woedend de kamer uit en knalde de deur achter zich dicht.

'Ai, ik zou niet graag in zijn schoenen staan', zei Alfons na een korte stilte. De anderen gniffelden. Tanja was nu eenmaal een temperamentvolle vrouw.

Lukas zat in zijn woning en probeerde te bedenken wat hij bij de begrafenis zou zeggen. Hij wist gewoonweg niet wat hij over zijn moeder kon vertellen. Hij werd onderbroken door geklop op de deur. Lena was er! Hij omhelsde haar blij.

'Je ziet er goed uit!' stelde hij vast nadat hij een blik op haar had geworpen. 'Hoe gaat het met je?' Ze hadden elkaar al een eeuwigheid niet meer gezien.

'Nu ik vader al heb gezien, gaat het iets minder goed met me', antwoordde ze. 'Komt hij naar de begrafenis?'

‘Schijnheilig zijn is een van zijn sterkste punten’, zuchtte Lukas.

Lena keek rond in Lukas’ woonkamer. Ze dacht nog altijd aan hun vader. ‘Hij erft nu moeders vermogen. Waanzinnig toch? Weet je zeker dat hij niets met haar dood te maken heeft?’ Lukas schudde het hoofd. Toen vroeg hij haar of ze het gepast vond dat Lukas en Sandra hun huwelijk niet langer uitstelden. ‘Gepast? Het kon niet beter bij onze familie passen’, zei ze lachend. ‘Nee, serieus,’ zei Lena, ‘het is in normale omstandigheden vreemd, maar als ik iets heb geleerd, is het wel dat je je eigen ding moet doen.’

‘Je hebt gelijk’, mompelde hij.

‘Ik denk dat moeder altijd het meeste van Markus heeft gehouden’, ging zijn zus verbitterd voort. ‘Nu zijn die twee verenigd.’ Lukas slikte.

‘Zijn ex-vriendin werkt hier als dienster.’ Lena keek verrast op. Ze hadden allebei geweten dat Markus een vriendin had gehad. Maar ze hadden haar nooit leren kennen. ‘Ik mag haar. Ze is heel vriendelijk.’

Sandra liep nadenkend door het park. Ze hoopte dat Lukas en Michael het ooit weer zouden bijleggen. Cosima Saalfeld slaagde er zelfs na haar dood nog in onrust te stoken. Waarom was Lukas’ moeder toch zo geworden? Omdat haar leven al begonnen was met het feit dat haar eigen vader haar had verwisseld met een andere baby omdat ze een hartafwijking had? En dan was ze ook nog haar lievelingszoon verloren… Het was natuurlijk geen reden om Lukas en haar zo te behandelen, zo te liegen en hen zelfs af te persen. Nee, ze kon het niet opnemen voor Cosima. Ze kon alleen maar hopen dat dit hoofdstuk nu eindelijk afgesloten was. En dat hun nu een nieuw, prachtig begin van de rest van hun leven te wachten stond.

Ze schrok op uit haar gedachten door het gerinkel van haar mobieltje. Lukas vroeg haar naar hem toe te komen, zodat ze kon kennismaken met zijn zus.

De twee vrouwen begroetten elkaar hartelijk.

'Ben je er zeker van dat je met hem wilt huwen?' zei Lena lachend en ze wees naar haar broer.

'Ik vind mezelf ook erg dapper', zei Sandra lachend.

'Lena heeft net gelezen wat ik op de begrafenis wil zeggen', onderbrak Lukas hen. 'Aan haar gezichtsuitdrukking te zien, heb ik nog wat werk.' Lena keek hem ernstig aan.

'Is het te negatief, te positief?' vroeg Sandra. 'Ik weet niet wat je hebt geschreven.'

'De waarheid', antwoordde hij.

'In elk geval is het te eenzijdig', zei Lena. 'Het spijt me, maar je moet toch ook wat positiefs vertellen. Anders kun je beter niets zeggen.'

'Maar ik kan niets positiefs bedenken!' zuchtte hij. 'Bovendien was jij ook niet bepaald een grote fan van moeder.'

'Jij kunt dat natuurlijk niet weten...' mengde Sandra zich voorzichtig in het gesprek, 'maar ze heeft ons het leven best zuur gemaakt.'

'Maar ze had ook andere kanten', hield Lena vol. 'Op een begrafenis moet je haar hele leven in herinnering brengen. Niet alleen natrappen, dat is te gemakkelijk. Dat verdient niemand.'

Lukas en Lena haalden herinneringen op aan hun moeder, aan hoe Cosima was voor Götz haar in de steek had gelaten.

Voor Markus was gestorven. Sandra luisterde een tijdje zwijgend, maar kon zich toen niet langer inhouden.

'Jullie idealiseren Cosima', verweet ze de twee. 'Ze was een tiran die voor niets of niemand terugdeinsde. Als ze al om iets streed, deed ze dat alleen voor zichzelf.'

'Ze heeft het niet gemakkelijk gehad', verdedigde Lena haar moeder.

'Ze had altijd een keuze', drong Sandra aan. 'Iedereen heeft altijd een keuze.'

'Lena bedoelt iets anders', zei Lukas. Maar voor hij het kon uitleggen, was Lena in tranen uitgebarsten.

'Sorry,' snufte ze, 'maar ik had haar zo graag nog een keer gezien. Nog een keer met haar gepraat.' Cosima en zij hadden het afgelopen jaar amper nog contact met elkaar gehad. 'Ik zou zo graag een goede herinnering aan mijn moeder kunnen bewaren...'

Michael zat in het restaurant lusteloos in een krant te bladeren. Rosalie kwam binnen en ging bij hem zitten.

'En? Heeft ze je al de mantel uitgeveegd?' Hij wist niet waarover ze het had. 'Tanja Heinemann', zei ze. 'We hadden daarstraks een vergadering en toen kwam ter sprake dat jij hier weg wilt.' Zijn gezicht betrok. Hij kon zich wel voorstellen dat Tanja dat geen goed nieuws vond. 'Het was mijn schuld. Ik ging ervan uit dat ze het al wist. Ze is nu in elk geval naar je op zoek.'

'Bedankt voor de waarschuwing.' Hij keek haar scheef glimlachend aan. Natuurlijk had hij al lang met Tanja moeten praten. 'Ik heb trouwens met Lukas gesproken', vertelde Michael haar. 'Hij weet alles. Ik heb hem gezegd dat jij er niets mee te maken hebt. Dat ik de schuldige ben.'

'Dat is lief van je!' Rosalie glimlachte opgelucht. 'En moedig ook! Bedankt!' Michael wuifde haar bedanking weg. 'Hoe reageerde hij erop?' De arts zuchtte en schudde alleen maar het hoofd. Ze raakte zijn hand medelevend aan. 'Laat jezelf niet gek maken', raadde ze hem aan. 'Je legt jezelf veel te hoge eisen op. Die gaan veel verder dan wat verlangd wordt van artsen. En dat komt omdat je... omdat je zo'n goed hart hebt.' Ze glimlachte nu verlegen naar hem. Verliefd. 'Als ik jou bekijk, besef ik pas hoe gevoelloos ik ben.'

'Je bent beter dan je zelf denkt', sprak hij haar tegen. 'Jij had jezelf bijvoorbeeld kunnen goedpraten bij Lukas door hem te vertellen wat je wist, namelijk dat ik zijn moeder niet meteen had geholpen. Maar dat heb je niet gedaan.'

'Houd op, ik word zo meteen nog rood', antwoordde ze oprecht verlegen. Ze keken elkaar diep in de ogen. Maar voor er iets kon gebeuren, dook Tanja plotseling naast Michael op.

'Hier heb je je dus verscholen!' snauwde ze boos. Rosalie stond op.

'Ik laat jullie even alleen.'

Tanja leek haar niet eens op te merken.

'Wanneer wilde je me het eindelijk vertellen?!' Ze keek Michael razend aan. En hij wist dat hem nu een grote preek te wachten stond.

Nadat ze hem de volle laag had gegeven, vroeg Tanja waar Michael dan heen wilde gaan. Ze keek hem ontzet aan toen hij niet eens wist waar hij heen wilde.

'Waarom wil je hier dan weg?' vroeg ze verbaasd. Ze had verwacht dat hij elders een praktijk kon overnemen. Hij wilde haar vraag niet beantwoorden, maar ze bleef aandringen.

'Goed dan. Ik vraag me af of ik het wel waard ben arts te blijven. Misschien stop ik beter als arts.' Toen Tanja nog meer wilde weten, bekende hij haar dat hij een grote fout had gemaakt. Meer wilde hij er niet over kwijt.

'Nu zal ik jou eens iets zeggen', begon Tanja. 'Het is heel leuk voor jou dat je je het kunt veroorloven om bij de minste tegenslag het op te geven en ervandoor te gaan. Maar je houdt toch van je beroep. En je moet vechten voor wat je graag doet!'

'Ik heb het verpest, Tanja', fluisterde hij.

'Nou en?' antwoordde ze. 'Probeer je misschien beter te zijn dan God? Aanvaard dat je ook maar een mens bent. En mensen maken fouten.' Ook al kende ze niet het hele verhaal, ze wist heel zeker dat Michael een uitstekend arts was. 'Wat je ook hebt gedaan, als je het niet meer ongedaan kunt maken, moet je ermee leren leven. En je moet je leven herpakken!' Hij was duidelijk onder de indruk van haar woorden. 'Houd op met het jezelf zo moeilijk te maken', voegde ze er nog aan toe. 'En laat Fabien niet in de steek.'

'Was het erg?' Michael was na zijn gesprek met Tanja meteen naar Rosalie gegaan. Ze was bezig haar spullen in te pakken. Nu Cosima's woning vrijkwam, wilde ze daar weer gaan wonen.

'Een orkaan, zoals altijd.' Michael glimlachte. 'Tanja zegt je ongezouten haar mening en rakelt daarbij van alles op.'

'Heeft ze je daarmee op andere gedachten kunnen brengen?' vroeg Rosalie benieuwd.

'Ik heb besloten hier te blijven', antwoordde hij verlegen.

'Echt?' Ze straalde. 'Wil je me ook vertellen hoe dat komt?'

'Tanja heeft me een paar dingen gezegd die ik alleen maar kan beamen. Dingen die iemand anders me ook al had gezegd. Bijvoorbeeld dat ik niet zomaar mag weglopen van mijn problemen. Dat niemand perfect is. En dat ik aan Fabien moet denken, natuurlijk.' Hij had er even over nagedacht en had toen nog iets beseft. 'Ik ben al mijn hele leven op zoek naar de vrouw van mijn leven', bekende hij. 'En dat is me nog niet gelukt. Ook jij bent allesbehalve de vrouw van mijn dromen.'

'Nou, bedankt', zei Rosalie boos, maar hij gebood haar te zwijgen.

'Jij bent gewetenloos, alleen uit op je eigen voordeel en af en toe een echte bitch.' Ze begon te grijnzen. Ze had eindelijk door waar hij naartoe ging.

'En jij bent kleingeestig', reageerde ze. 'En je werkt me vreselijk op de zenuwen met je morele bezwaren.'

'We zijn het er dus over eens dat wij absoluut niet bij elkaar passen?' Ze knikte. Zo was het. 'Laat ons dat bezegelen...' Hij kuste haar. En zij beantwoordde zijn kus maar al te graag. Niet veel later vielen ze in een innige omhelzing op haar bed.

Lena sliep al, terwijl Lukas en Sandra nog in de woonkamer zaten.

'Ik vind dat Lena het recht heeft om op haar manier te rouwen', zei Lukas. Zijn zus wilde zich de goede eigenschappen van hun moeder herinneren.

'Laat haar dan een toespraak houden op de begrafenis!' zei Sandra. Ze had echt medelijden met Lena. Maar Lukas was toch niet vergeten wat Cosima hun had aangedaan!

'Toen ze stierf, heeft ze om vergeving gevraagd', verdedigde hij zich. Sandra bleef erbij dat ze niet zomaar alles wat Cosima had gedaan, van tafel konden vegen. 'Ik wil mijn zus niet in de steek laten', zei hij.

'Het gaat toch om jou', drong Sandra aan.

'Respecteer alsjeblieft mijn beslissing.' Hij klonk een beetje geërgerd.

'Het belangrijkste is dat het echt jouw beslissing moet zijn.' Ze raakte een gevoelig punt. 'Als je jezelf alleen maar wat wijsmaakt, Lukas... Dan zul je je moeder nooit helemaal kunnen loslaten.'

De volgende ochtend verraste Michael Rosalie met een ontbijt op bed.

'Ben je nog altijd van plan in het Fürstenhof te blijven?' vroeg ze en ze keek hem verliefd aan. Hij knikte. 'Goed.'

'Ik kan mijn zoon niet in de steek laten. En ik kan mijn patiënten niet missen, net zomin als mijn lieve collega's, de bergen, de goede lucht...' Ze wachtte natuurlijk tot hij haar vermeldde. 'En de directie dan', ging hij plagend voort. 'Tussen de directieleden en managers zitten dames voor wie je echt moet opletten, op ethisch, moreel, lichamelijk vlak... En je weet hoeveel belang ik daaraan hecht.' Ze lachte luid. Toen kusten ze elkaar blij.

Niet veel mensen hadden de begrafenis van Cosima bijgewoond. Sandra, Lukas en Lena natuurlijk. Daarnaast waren Charlotte en Werner, de Sonnbichlers, Eva Krendlinger en André opgedaagd. En Götz Zastrow. Ze waren allemaal terug in het Fürstenhof, waar Lukas iedereen uitnodigde voor een begrafenismaal. De Sonnbichlers moesten weer aan het werk en Werner sloeg de uitnodiging af omdat hij Cosima die eer niet wilde bewijzen.

'Kom, dan gaan we', zei Götz.

'Jij bent niet uitgenodigd', snauwde Lena hem toe.

'Kunnen wij even praten?' Lukas trok zijn vader opzij. Hij was het eens met zijn zus. 'Jij bent niet welkom. Als je ook maar een greintje fatsoen had, zou je dat zelf weten.'

'Ik heb mezelf niets te verwijten', kondigde Götz zelfingenomen aan. 'Ik ga dus wel mee. Bovendien ben ik heel benieuwd naar je toespraak, mijn zoon.' Tandenknarsend keek Lukas toe hoe zijn vader plaatsnam in de blauwe salon. Hij kon hem toch moeilijk op de dag dat zijn moeder werd begraven, te lijf gaan...

'Ik zou graag een paar woorden zeggen over mijn moeder.' Lukas was opgestaan. Sandra en Lena wisselden een blik uit. 'Ik herinner me dat ik het op school niet goed deed toen ik tien was. De kans dat ik ooit aan het gymnasium zou beginnen, was klein. Toch ben ik daar begonnen. Niet omdat ik plotseling goede punten haalde, maar omdat ik een moeder had die als een leeuwin voor haar kinderen vocht. Niemand durfde ons iets te misdoen, niemand durfde kwaad te spreken over ons. Want mijn moeder deed alles voor haar gezin. Ze was liefdevol, zorgzaam, onbaatzuchtig en...' Sandra trok haar wenkbrauwen op. En ook Charlotte keek kritisch naar Lukas. Lukas zweeg even en keek zijn zus in de ogen. 'Maar ze is in de loop der jaren veranderd.' Tranen sprongen Lena in de ogen.

'Ze verloor een zoon', snikte ze.

'Veel mensen hebben pech in hun leven', vulde Lukas droevig aan. 'Toch blijven ze vaak oprecht en eerlijk. Ik wil hier alleen iets duidelijk maken, niet haar verontschuldigen. Cosima heeft ons allemaal laten boeten voor wat haar is overkomen. Dat had ze niet mogen doen, dat was onrechtvaardig.' Sandra legde haar arm om Lena, die droevig voor zich uit staarde. Ze was erg trots op Lukas. 'Toch is ze mijn moeder en ze is in mijn armen gestorven', ging hij voort. 'Ze heeft me om vergeving gesmeekt. Maar hoe kan ik haar vergeven? Hoe kan ik haar vergeven wat ze ons heeft aangedaan? Ik denk dat het feit dat ik haar nu bekijk zoals ze ooit was, al een eerste stap is. En ik hoop dat ik het haar op een dag echt kan vergeven. Ja, dat hoop ik.' Götz zuchtte en dronk verveeld van zijn glas. 'Laat ons het glas op haar heffen. Op Cosima Saalfeld, op een, ondanks alles, buitengewone vrouw.' Iedereen stak zijn glas in de lucht.

Michael was wijselijk niet verschenen op de begrafenis. Hij had ook beslist enkele dagen de woning die hij met Lukas deelde, te verlaten. Hij wilde in de praktijk overnachten, maar Rosalie bood meteen aan bij haar in te trekken. Natuurlijk alleen maar tijdelijk. Het ging hem allemaal wat te snel, maar hij nam haar aanbod toch aan.

13

Sandra en Lukas maakten een wandeling door het park. Het rouwmaal had toch nog voor enige opschudding gezorgd. Götz had een korte, totaal onoprechte toespraak gehouden en Lena was de blauwe salon woedend uitgerend.

'Ik vraag me af waarom ze zo agressief op je vader reageert', zei Sandra verwonderd. 'Ze heeft natuurlijk redenen genoeg om hem niet aardig te vinden, maar ze lijkt hem regelrecht te haten.'

'Vroeger was ze papa's lieveling', herinnerde Lukas zich. Hij wist ook niet precies wat er was gebeurd tussen Lena en Götz. 'Ze had zelfs nog contact met hem toen hij niet meer bij ons woonde. Maar na Markus' dood wilde ze niet meer met hem praten.' Ze veranderden van onderwerp en Sandra gaf Lukas een complimentje over zijn eerlijke toespraak. 'Ik kon niet zomaar een lofrede over haar houden', zuchtte hij. 'Dat ging gewoonweg niet. Je had gelijk. Zoals altijd.'

'Hoe voel je je nu?' vroeg ze liefdevol. Hij sloot zijn ogen en haalde diep adem.

'Veel beter', stelde hij vast. 'De haat is weg, die knoop in mijn maag ook. Dat ik zo eerlijk heb kunnen zijn, vooral tegenover mezelf... Dat heeft me deugd gedaan.' Hij keek haar glimlachend aan. 'En daarom vind ik... dat we het eindelijk eens over ons huwelijk moeten hebben.'

'Voor het geval ik je dat nog niet had gezegd...' Ze keek hem lachend aan. 'Ik verwacht morgen een koets, zes paarden, een acht meter lange sleep en een stapeltaart met vijf lagen, en uiteraard witte duiven en vuurwerk. Dat was het.'

'Gelukkig hebben we dat al eerder besproken', zei hij droogjes. Ze omhelsden elkaar hartelijk lachend.

Sinds Robert Eva had gezegd dat hij haar wel mocht, bekeek Eva de zoon van de Saalfelds met andere ogen. Tanja rook natuurlijk meteen lont.

'Je weet toch dat hij al getrouwd is?' vroeg ze grijnzend. 'Met een fantastische vrouw, trouwens. Miriam ziet eruit als een model, ze heeft gestudeerd en ze bedenkt parfums in Parijs.' Lachend wuifde Eva haar insinuatie weg. Ze vond Robert alleen maar leuk. Heel leuk.

Lena lag op haar bed in haar hotelkamer en staarde naar het plafond. Toen er aan de deur geklopt werd, dacht ze dat het haar broer was, maar het was Götz.

'Wat wil je?' vroeg ze bars.

'Ik wil met je praten.' Maar zij niet met hem. 'Lena, dit kan zo niet langer. Wat heb ik je misdaan?' Ze zweeg en keek hem minachtend aan. 'Ja, ik heb je moeder en jou en je broers in de steek gelaten', probeerde Götz het nog eens. 'En ik besef nu hoe erg dat voor jullie was. Maar wil je me dat de rest van mijn leven verwijten?'

'Daar gaat het toch niet om.'

'Nee? Waarom dan wel?' Ze haalde haar schouders op. 'Zeg het me dan! Alsjeblieft, Lena! Ik wil eindelijk weten waarom je me al jaren negeert.' Ze slikte. Toen raapte ze al haar moed bij elkaar.

'Ik weet dat Markus niet is omgekomen bij een zeilongeval', zei ze. Götz' mond viel open. 'Jij was toen nog openbaar aanklager en je was bezig met een proces tegen de Italiaanse maffia.' Hij knikte. 'Markus' zeilongeval was een smoes', ging ze voort. 'In werkelijkheid hebben ze Markus ontvoerd. Om jou af te persen. Ze wilden ervoor zorgen dat een van de leden van de camorra, een van de bazen zelfs, niet werd veroordeeld.'

'Dat is absurd!' antwoordde Götz, maar ze liet zich niet zomaar afschepen.

'Je wilde toen niet toegeven, toen was je nog niet omkoopbaar. Als de o zo oprechte staatsdienaar heb je geweigerd. Toen hebben ze Markus gedood. Het is jouw schuld dat hij dood is.' Hij staarde zijn dochter ontzet aan.

'Markus' dood had helemaal niets te maken met mijn onderhandelingen tegen de camorra!' verweerde hij zich. 'Dat je me zoiets durft te verwijten!'

'Waarom vind ik het eigenlijk nog altijd vreemd dat er uit jouw mond alleen maar leugens komen?' reageerde Lena vervuld van haat. 'Zo is het altijd al geweest.'

'Je broer is om het leven gekomen tijdens een zeilongeval', herhaalde hij. 'Dat weet toch iedereen.'

'Wij twee weten wel beter', zei ze hardvochtig. 'En ik schaam me dat ik jouw dochter ben.' Ze stuurde haar vader de deur uit.

'Vertrek je?' Lukas kwam zijn woning binnen en stelde verbaasd vast dat zijn huisgenoot zijn spullen bij elkaar aan het zoeken was.

'Voor een tijdje', antwoordde Michael. 'In deze omstandigheden...' Hij maakte een hulpeloos gebaar.

'Maar je blijft wel in het Fürstenhof wonen?' vroeg Lukas benieuwd.

'Ja, ik blijf', antwoordde de arts. 'En ik zet de praktijk gewoon voort. Op voorwaarde dat jij het daarmee eens bent.' Lukas knikte.

'Neem je je intrek in een van de hotelkamers dan?' vroeg hij nieuwsgierig.

'Ik ga voorlopig bij Rosalie wonen.' Er verscheen een wantrouwige grijns op Lukas' gezicht. 'Ja, we zijn verliefd op elkaar. Smoorverliefd. Of zoiets. Het is in elk geval een aangenaam gevoel.'

'Je bent een volwassen man.' Lukas' glimlach werd steeds breder. 'En Michael, wat mijn moeder betreft. Jij kon er niets aan doen. Ze was een zieke vrouw, al jaren. Dat je heel even aarzelde... Ik begrijp het wel.' Hij had zijn moeder zelf al zo vaak in zijn leven vervloekt. 'Je bent een goed arts. En je bent mijn beste vriend. Nog altijd, net zoals vroeger.' Ontroerd omhelsde Michael hem. Dat was een pak van zijn hart. Hij had er niet op gerekend dat Lukas hem zo snel zou vergeven. Hij was eigenlijk ook blij dat hij nu niet halsoverkop bij Rosalie hoefde in te trekken. Hij zou er natuurlijk wel voor zorgen dat hij niet thuis was tijdens de huwelijksnacht van Sandra en Lukas, zodat die twee een ongestoorde nacht samen konden doorbrengen.

'Nu moet ik nog heel snel voor een cadeau zorgen', bedacht hij plotseling. 'Wat kunnen jullie nog gebruiken? Een messen- of pannenset?' Lukas lachte.

'De cadeaus zijn niet belangrijk', zei hij. 'Maar ik wil je hierbij wel officieel vragen of je mijn getuige wilt zijn.' Michael was een beetje overrompeld door de plotselinge vraag, maar hij stemde er meteen mee in.

'Als er twee mensen zijn die bij elkaar passen, zijn Sandra en jij het wel', zei hij ontroerd. Daarvan wilde hij maar al te graag getuige zijn.

Ook Sandra besteedde nu al haar aandacht aan de voorbereidingen van haar huwelijk, want veel tijd had ze niet meer. Ze had een jurk. En haar moeder vertelde aan de telefoon dat ze nog een sluier van het allerfijnste Italiaanse kant had, Sandra's grootmoeder had die ook gedragen toen ze huwde. Astrid had de sluier gezocht en zou hem later naar het Fürstenhof brengen.

Sandra had ook nog een getuige nodig. Tanja straalde toen Sandra haar vroeg. Ze zou het haar vriendin ook nooit hebben vergeven als die iemand anders had gevraagd. Dat Lukas en Michael zich opnieuw hadden verzoend, maakte de vreugde alleen maar groter. De grote dag mocht aanbreken.

Rosalie daarentegen was niet zo blij met de verzoening tussen beide vrienden. Het idee dat Michael bij haar zou komen wonen, beviel haar wel. Nu ze hoorde dat hij toch in zijn woning wilde blijven, kon ze haar ontgoocheling amper verbergen. Hij kon het zelfs niet goedmaken met een etentje, want hij had al een afspraak met Tanja om een liedje in te oefenen voor het huwelijk van Sandra en Lukas.

Tanja bracht Nils er tegen haar zin van op de hoogte dat ze met Michael zou zingen. Ze vreesde dat hij weer jaloers zou zijn. Maar haar vrees bleek ongegrond.

'Dat hoofdstuk is wat mij betreft afgesloten', zei Nils berustend. 'Niederbühl is Fabiens vader, ik ben je man. Dat is duidelijk.'

'Je bent geweldig', zei ze opgelucht en ze straalde over haar hele gezicht.

'Ik ben er zeker van dat jullie een prachtig nummer zullen brengen', zei hij. 'Ik kijk er al naar uit.'

Werner vermoedde dat zijn dochter en zijn toekomstige schoonzoon geen tijd meer zouden hebben om de uitnodigingen tijdig te versturen, daarom had Werner ze allemaal al per e-mail verstuurd.

'Ik hoop dat ik niemand ben vergeten', zei hij. 'Als ik iemand op de gastenlijst heb gezet die jullie niet willen zien, zullen jullie je erbij moeten neerleggen. Ik neem de verantwoordelijkheid daarvoor in elk geval op mij.' Sandra bedankte hem ontroerd. 'Het is al goed!' zei Werner met een wegwuivend gebaar en hij nodigde Sandra en Lukas uit voor een dinertje in familiekring die avond. Ze namen de uitnodiging graag aan, maar even later moest Lukas toch nog afzeggen. Door Cosima's overlijden had hij willen afzien van een vrijgezellenavond, maar zijn vrienden wilden hem er niet zo gemakkelijk van af laten komen. Tegen zijn zin gaf hij toe en ze spraken die avond af.

Het sollicitatiegesprek van Maike Steenkamp was uitstekend verlopen en ze had de baan als vliegtuigtechnicus meteen gekregen! Terug in het Fürstenhof vertelde ze het nieuws dolblij aan Simon, met wie ze het ondertussen uitstekend kon vinden en die ze tutoyeerde.

'Ik hoef alleen nog maar mijn werkvergunning in orde te brengen', kondigde ze stralend aan. Ze besloot nog een tijdje in het Fürstenhof te verblijven. 'Dit hotel brengt me geluk.' Toen vroeg ze of hij die avond tijd had om met haar te vieren dat ze de baan had gekregen. Met veel spijt moest hij haar aanbod afslaan, de vrijgezellenavond van Lukas ging voor. Ze spraken wel af dat ze de volgende ochtend samen een champagneontbijt zouden nuttigen.

'Ik ben zo blij nu ik zie dat je zo gelukkig bent.' Astrid was aangekomen in het Fürstenhof en omhelsde haar dochter innig nadat ze haar aandachtig had bekeken.

'Ik kan nog altijd niet geloven dat alles goed komt', antwoordde Sandra stralend. 'Vanaf morgen ben ik mevrouw Zastrow.' Astrid haalde de doos tevoorschijn waarin de Italiaanse sluier zat. Sandra had het Lukas al verteld en hem een foto getoond van haar grootouders bij hun huwelijk. Hij vond de sluier fantastisch. Zo'n uniek stuk paste perfect bij zijn bruid. Opgewonden opende Sandra de doos. Maar tot grote ontzetting van Sandra en Astrid was er bijna niets overgebleven van de sluier. De motten hadden hem bijna helemaal opgevreten.

Snel belden Sandra en haar moeder alle kleermakers uit de omgeving af. Maar overal kregen ze hetzelfde antwoord te horen: zo'n kanten sluier was alleen verkrijgbaar in Milaan, nergens anders.

'Het is een hopeloze zaak, dit kunnen we vergeten', zuchtte Sandra ontgoocheld.

'Ik vind je zonder sluier toch veel mooier', zei Lukas in een poging haar te troosten.

'Maar ik stelde me het hele gebeuren zo romantisch voor...' Ze zag hen beiden al voor het altaar staan, ze beeldde zich in hoe hij haar sluier zou optillen en haar dan zou kussen... zoals die eerste kus.

'Jou kussen is altijd zoals bij die eerste kus', zei hij liefdevol, maar hij moest haar dan alleen laten, want Simon en Ben kwamen hem ophalen voor zijn vrijgezellenavond.

Hildegard had sokjes gebreid voor de baby van Robert en Miriam. Ze wisten al dat ze een dochtertje zouden krijgen en ze zouden haar Valentina noemen. Dat hadden Miriam en Robert al lang beslist.

'Hoe gaat het met Miriam?' vroeg Hildegard.

'Heel goed', antwoordde hij. 'Ze is nog aan zee, bij vrienden.' Hij bekeek de sokjes van Hildegard ontroerd.

'Denkt u echt dat Valentina zulke kleine voetjes zal hebben?' vroeg hij verbaasd.

'Die kans is groot', zei Hildegard glimlachend en ze nam afscheid. Robert staarde nadenkend voor zich uit.

Tanja en Michael waren volop aan het oefenen voor hun optreden bij het huwelijk. Ze zouden *Without you* zingen, het lievelingslied van Sandra en Lukas. Plotseling kwam Rosalie binnengevallen. Ze had iets bedacht.

'Ik dacht, misschien kan ik voor enige ondersteuning van mevrouw Heinemann zorgen', zei ze zelfverzekerd. 'Ik heb al vaak te horen gekregen dat ik een goede stem heb. En zingen is nu eenmaal niet moeilijk.' Tanja wilde iets zeggen, maar ze kreeg daarvoor niet eens de kans. 'In dit geval telt trouwens vooral het gebaar, toch?' ging Rosalie snel voort. 'Als we het lied met zijn tweeën zingen, maken we vast nog veel meer indruk op het bruidspaar.'

Het tegendeel was echter waar, want Rosalie zong verschrikkelijk vals. Tanja kon van ontzetting geen woord uitbrengen. En ook Michael wist niet hoe hij moest reageren.

Ook hij hoorde hoe vreselijk vals Rosalie zong. Hoe vaak ze ook nog zouden oefenen, dat kwam nooit goed. Hij wilde haar natuurlijk niet kwetsen, want ze waren zogoed als een stel. Tanja stelde verrast en wantrouwig vast dat die twee een relatie hadden, dat zei Rosalie in elk geval onomwonden. Maar dat ging Tanja niet aan. Ze zou haar optreden niet laten vergallen.

'Ik wil niet dat ze ons lied verpest', zei Tanja nadat Rosalie weer weg was.

'Ach, het stelt toch niet zoveel voor', wierp Michael op.

'Jawel', sprak ze hem tegen. 'Het is een huwelijksgeschenk. Voor mijn vriendin en jouw vriend. Ik heb geen zin om mijn geschenk te laten bederven.'

'Oké.' Hij zuchtte. 'Ze kan niet goed zingen, ik weet het. Als we haar microfoon nu eens zachter instellen tijdens het optreden?' Tanja snoof boos.

'Heb je het nu nog niet begrepen?' zei ze woedend. 'Ik treed niet op samen met Rosalie Engel. Zelfs niet als jullie een relatie hebben.'

'Dat heeft er toch niets mee te maken...' begon hij, maar Tanja was niet meer te stoppen.

'Ik laat me niet belachelijk maken door die trut!' snauwde ze. 'Ofwel zeg jij je vriendin de waarheid, ofwel doe ik het. Als ik jou was, zou ik kiezen voor de eerste optie.'

Götz zat alleen in zijn hotelkamer en had al een halve fles whisky leeggedronken. Hij telefoneerde met Barbara. Ze drong erop aan dat hij naar haar toe zou komen op Tenerife. Dat was hij inderdaad van plan, maar eerst wilde hij de hotelaandelen die hij van Cosima had geërfd, verkopen.

Nadat hij de verbinding had verbroken, staarde hij triest voor zich uit. Zijn gesprek met Lena had nare herinneringen bovengehaald. Lang geleden, net na het zogenaamde zeilongeval van Markus, had hij een telefoontje ontvangen. Markus had hem gebeld. Götz had het eerst niet kunnen geloven, maar het was daadwerkelijk zijn zoon die hij aan de lijn had gehad.

'Ze hebben me ontvoerd', had Markus gezegd. 'Lukas heeft er niets van gemerkt. Het gaat om het proces.'

'Ik begrijp het...' Götz had naar adem gehapt. 'Ze proberen de openbare aanklager af te persen.'

'Als je niet doet wat ze zeggen, doden ze me!' Markus had wanhopig geklonken.

'Wees maar niet bang', had Götz hem proberen gerust te stellen. 'Ik zorg ervoor dat je niets overkomt. Ik beloof het je.'

14

Michael kwam als laatste van het gezelschap voor de vrijgezellenavond in de Alte Wirt aan. Lukas, Ben en Simon hadden er al heel wat biertjes achterovergeslagen.

'Wat zijn jullie plannen na het huwelijksfeest eigenlijk?' vroeg Simon net. 'Vertrekken jullie meteen op een romantische huwelijksreis?'

'We hebben niets gepland', antwoordde Lukas. 'Maar misschien verzinnen we op het laatste moment nog wel iets. Daarna wacht ons het project in Tsjechië.' Sandra en hij waren nog altijd vastbesloten een ecohotel te openen in het oude klooster. 'Als een van jullie toevallig honderdduizend euro overheeft, kunnen we meteen met de verbouwingen beginnen', zei hij grijnzend. Of het hele project kon doorgaan, hing af van de bank, of zij krediet wilden verlenen of niet. Lukas was niet erg optimistisch.

'De enige persoon in het Fürstenhof die over zulke bedragen beschikt, is jouw vader', wierp Simon op.

'Ik beland nog liever in de goot dan geld van hem te lenen', bromde Lukas.

'Ander onderwerp!' zei Michael. Na het huwelijk mocht Lukas zich zo veel zorgen maken als hij wilde. De arts stak zijn glas in de lucht. 'Op de grote liefde! Wie geluk heeft, vindt die minstens één keer in zijn leven!'

'Op de grote liefde!' herhaalden Lukas, Ben en Simon luidkeels in koor.

Robert bevond zich die avond laat nog in de personeelskamer en zat alweer bedenkelijk naar de babysokjes van Hildegard Sonnbichler te staren. Eva kwam binnen.

'Schattige sokjes!' Hij stak ze omhoog. 'Ik kan me niet voorstellen hoe klein en broos voetjes moeten zijn om daarin te passen.' Hij zuchtte. Eva keek hem onderzoekend aan. 'Nu wordt het menens', zei hij. 'Ik bedoel, er is geen weg terug.'

'Knijp je hem?' vroeg ze. Hij haalde zijn schouders op.

'Ik wilde vroeger geen kinderen', gaf hij toe. 'Ik wilde in geen geval dezelfde fouten maken als mijn vader.'

'U maakt er wel andere', merkte ze laconiek op. Hij keek haar beteuterd aan.

'Ik weet niet of ik het wel kan', fluisterde hij. 'Een goede vader zijn...'

'Natuurlijk kunt u dat!' monterde ze hem op. 'Ouders zijn gelukkig ook maar mensen. En mensen maken nu eenmaal fouten.'

'Dat geeft me echt moed.' Hij sprak alweer op een spottende toon tegen haar.

'Ik heb op school en in de crèche zo veel gestreste ouders gezien', zei ze. 'Ze wilden alles perfect doen. Maar het is in feite heel eenvoudig: u hoeft uw kind alleen maar graag te zien. En het vertrouwen geven, zodat het het leven aankan. Ik ben er heel zeker van dat u dat kunt.' Haar bemoedigende woorden deden hem duidelijk deugd.

Michael en Ben waren al naar huis, alleen Simon en Lukas zaten nog altijd in de Alte Wirt.

'Wee je gebeente als je mijn nichtje Sandra niet gelukkig maakt!' Simon stak zijn wijsvinger zogezegd dreigend op voor Lukas' gezicht.

'Ik zal mijn uiterste best doen', verzekerde hij hem. 'Je kunt op me rekenen.' Hij gaf toe dat hij een stommeling was geweest. Waarom had hij eerst een ander moeten huwen... 'Sandra is echt een geweldige vrouw', zuchtte hij gelukkig. 'Intelligent, en ze is zo dapper om helemaal opnieuw te beginnen.' Dat ze bloedmooi was, sprak voor zich. 'Zo'n bruid heeft niemand ooit al gezien! Alleen spijtig dat de motten de bruidsluier van haar oma hebben opgevreten.'

'Bruidsluier? Oma?' Simon wist nergens van en wilde het hele verhaal horen. Toen het tot hem doordrong dat de sluier die Sandra wilde, alleen in Milaan verkrijgbaar was, aarzelde hij niet lang. 'Wat is het probleem?'

Michael had zich voorgenomen Rosalie meteen de volgende ochtend mee te delen dat ze niet mee mocht zingen op het huwelijksfeest. Maar hij kreeg het niet over zijn hart. Ze was zo enthousiast, euforisch zelfs.

'Zou je het wel doen?' probeerde hij voorzichtig. 'Je bent tenslotte Lukas' ex-vrouw.'

'Net daarom!' riep ze vrolijk uit. 'Er bestaat toch geen mooiere manier om hem te tonen dat ik hem heb vergeven en dat ik die twee alle geluk van de wereld wens?!' Michael glimlachte gekweld. Tanja zou hem de kop inslaan...

'Je verspreidt een drankluchtje', stelde Lena vast toen ze de deur opendeed en haar vader aantrof. Götz zag er slecht uit, de whisky had hem niet bepaald een goede nachtrust bezorgd.

'Je had gelijk', viel hij met de deur in huis. 'Markus is niet omgekomen tijdens het zeilongeval. Hij werd inderdaad ontvoerd door de maffia.' Ze slikte en bleef hem doordringend aankijken. 'Ik vraag me alleen af hoe jij dat weet.'

'Dat doet er niet toe', zei ze afwerend.

'Jawel!' drong hij aan. 'Nou?!'

'Ik heb later iemand ontmoet die ervan op de hoogte was', antwoordde ze ontwijkend. 'Is er nog wat?'

'Jij wilde praten.' Götz haalde zwaar adem. 'We dachten toen allemaal dat Markus dood was, dat hij in de Starnberger See was verdronken', ging hij voort. 'Maar plotseling belde hij me op, hij klonk wanhopig. De ontvoerders wilden dat ik bewijzen manipuleerde, anders zouden ze hem doden.'

'En jij vond natuurlijk je carrière belangrijker dan het leven van je zoon!' riep Lena minachtend uit.

'Nee!' sprak haar vader haar opgewonden tegen. 'Hoe kun je zoiets van me denken?! Ik heb Markus niet in de steek gelaten!' Hij had de politie gewaarschuwd, ondanks de dreigementen van de afpersers. 'Ik was bevriend met een commissaris en hij garandeerde me discretie. Hij beloofde me Markus te vinden en gezond weer thuis te brengen.'

'Je hebt Markus de dood in gejaagd!' riep Lena en de tranen sprongen haar in de ogen.

'Wat had ik moeten doen?' verdedigde hij zich. 'Ik wilde niet dat die zware criminelen er zonder straf afkwamen!

'Je hebt er tegenwoordig toch weinig problemen mee om moordenaars uit de gevangenis te halen!' snauwde ze hem toe. Hij ging er niet op in.

'Ik zou er alles voor overhebben om de klok terug te kunnen draaien', fluisterde hij zacht. 'Alles, Lena.' Zijn ogen smeekten om vergeving.

'Bepaalde dingen zijn onvergeeflijk. Dit kan ik je niet vergeven.' Lena had er moeite mee zichzelf onder controle te houden. 'Dit zou jij jezelf ook nooit mogen vergeven. Ga nu.' Hij deed wat ze vroeg. Ze bleef diep bedroefd achter.

Maike Steenkamp zat in het restaurant te wachten op Simon. Ze zouden samen genieten van een champagneontbijt. Toen hij na een tijdje nog altijd niet was verschenen, sprak ze Eva aan. Zij vertelde haar dat Simon die ochtend ook al niet op de dienstvergadering was verschenen.

Sandra daarentegen was haar bruidegom kwijt. Lukas was die nacht niet thuisgekomen en had ook niet in zijn eigen woning overnacht. Ze vermoedde dat hij nog altijd op stap was met Simon. Maar ze was ervan overtuigd dat hij stipt op tijd zou zijn voor hun huwelijk.

Als ze had geweten dat Simon en Lukas op dat moment langs een Italiaanse landweg liepen, zou ze minder rustig zijn gebleven. De twee hadden de nachttrein naar Milaan genomen. Ze waren erin geslaagd een kanten bruidsluier te kopen, precies dezelfde als die van Sandra's grootmoeder. Maar de terugreis verliep minder vlot. Ze hadden al een deel van de route liftend afgelegd, maar nu stopte geen enkele auto meer om hen mee te nemen. Mogelijk was de reden daarvoor dat ze er nogal slonzig uitzagen.

Er zat voor Lukas niets anders op dan Sandra te bellen en haar op de hoogte te brengen. Ze was opgelucht dat ze eindelijk iets van hem hoorde. Dat hij zo veel moeite had gedaan om haar een bruidsluier te bezorgen, vond ze ook wel lief. Maar daarna drong het tot haar door dat hij zich op dat moment nog altijd in Italië bevond.

'Het zou heel misschien kunnen dat ik niet tijdig op de huwelijksviering zal aankomen', bekende hij schuldbewust.

'Dit meen je niet!' barstte ze uit.

'Maak je geen zorgen, ik ben niet van plan mijn eigen huwelijk te missen', probeerde hij haar gerust te stellen. Ze probeerde niet in huilen uit te barsten en deed haar best luchtig te klinken.

'Als jij niet stipt op tijd hier bent, huw ik met iemand anders!' zei ze dreigend.

'Ik haast me', beloofde hij haar. 'Tot later.'

'Waar zit hij in godsnaam?' vroeg Werner ongeduldig.

'In Italië. Samen met Simon.' Werner en Astrid keken elkaar ontzet aan. 'Hij heeft een bruidsluier voor me gekocht in Milaan.'

'Ben je zeker dat je met dat uilskuiken wilt huwen?' bromde Werner.

'Het zou kunnen dat hij een beetje later zal zijn', zei Sandra, de opmerking van haar vader negerend.

Tanja sprong inderdaad bijna uit haar vel toen Rosalie bij de volgende oefensessie van *Without you* weer aanwezig bleek te zijn. Ze dacht er niet aan diplomatisch te zijn.

'Ik zing niet samen met u', zei ze vastbesloten. 'U zingt namelijk vals.'

'Ik ben een zuivere sopraan!' verdedigde Rosalie zich meteen verontwaardigd.

'En ik ben twee meter groot', zei Tanja spottend.

'Verwijten brengen ons geen stap vooruit', probeerde Michael te bemiddelen, maar de twee vrouwen negeerden hem straal.

'Ik hoef dit niet te pikken van een kamermeisje', snauwde Rosalie. 'Ik zing op het huwelijksfeest. Of u dat wilt of niet.' En ze liep de kamer uit.

'Bedankt voor je steun', snauwde Tanja tegen Michael. Hij maakte een hulpeloos gebaar.

Sandra had haar bruidsjurk al aangetrokken en stond met haar bruidsboeket in haar handen samen met haar moeder bij de receptie te wachten toen ze plotseling een telefoontje kreeg. Een bankbediende deelde haar mee dat de bank haar en Lukas geen krediet zou verlenen voor het ecohotel. Hun besluit stond vast.

'Zij waren onze laatste hoop', zei Sandra ontgoocheld tegen haar ouders. Werner stond er ondertussen ook bij.

'Over hoeveel geld gaat het in feite?' vroeg hij.

'Honderdduizend euro om te beginnen', antwoordde ze. 'Zonder dat geld kunnen we ons ecohotel in Tsjechië vergeten.'

Götz stond net aan de receptie om zijn post op te halen. Hij had het gesprek tussen Sandra en haar ouders geboeid gevolgd. Hij stapte de lobby door en liep Lena tegen het lijf, die net op weg was naar het huwelijk.

'Ik hoop dat je voor één keer in je leven tactvol zult zijn en niet op het feest zult verschijnen', zei ze koeltjes.

'Wees maar niet bang', zei haar vader met een wegwuivend gebaar. 'Ik zal Lukas niet in verlegenheid brengen door me door hem buiten te laten gooien...' Hij vond het echter heel erg dat hij niet welkom was op het huwelijk van zijn eigen zoon.

Hij dacht even na en nam dan een besluit. Hij belde de bank om te melden dat hij honderdduizend euro cash wilde opnemen. Hij wilde dat het geld nog die dag in het Fürstenhof zou worden geleverd.

Lukas en Simon waren erin geslaagd een auto te huren. Ze bevonden zich ondertussen amper twee kilometer van het Fürstenhof, maar net nu hadden ze een lekke band.

'Sandra staat vast al voor de kapel te wachten', vreesde Lukas. Ondertussen was hij enorm nerveus en gespannen.

'Ik bel het Fürstenhof', zei Simon. 'Iemand moet ons komen ophalen.' Lukas griste het mobieltje uit zijn hand en belde Michael.

'Luister, ga meteen naar het hotel, haal mijn pak en hemd en vergeet de schoenen niet.' Gelukkig had hij een getuige op wie hij kon rekenen.

Sandra stond inderdaad in het gezelschap van de hele Saalfeldfamilie voor de kapel te wachten op Lukas.

'Als Lukas mijn dochter voor het altaar in de steek laat, zal hij iets beleven', mompelde Werner dreigend. Charlotte legde een hand op zijn arm om hem te kalmeren.

'Lukas en ik zullen huwen', zei Sandra overtuigd. 'Is het nu niet, dan binnen twee uur. We hebben zo hard moeten vechten voor ons geluk. Nu komt het ook niet op een paar uur aan.' Bovendien vond ze het best romantisch dat Lukas zo gek was geweest om nog naar Italië te rijden en haar een nieuwe bruidsluier te bezorgen. 'Zo veel moeite doen om mij een plezier te doen... Ik kan me toch geen mooier bewijs van zijn liefde voor mij wensen?' Charlotte en Astrid dachten er precies hetzelfde over.

'Hoe het ook zij,' ging Werner mopperend voort, 'die Zastrows zijn onbetrouwbaar. Ik hoop dat je weet waar je aan begint.' Zijn dochter knikte stralend. Hij gaf het op en streelde haar liefdevol over haar wang. Ze zag er prachtig uit in haar bruidsjurk!

Lukas kwam echter nog altijd niet. Sandra en het feestgezelschap zaten nerveus te wachten in de kapel. De priester had al aangekondigd dat hij nog een afspraak had en dat hij niet eeuwig op de bruidegom kon wachten. Tanja en Michael hielden de wacht voor de kapel. Plotseling hoorden ze een tractor naderen. Ze konden hun ogen niet geloven toen ze Lukas en Simon op de kar achter de tractor zagen zitten. Een boer was zo vriendelijk geweest hun een lift te geven.

'Snel!' Michael hielp Lukas bij het omkleden. Gelukkig had hij aan alles gedacht. Tanja probeerde Simons haren nog een beetje in de plooi te krijgen, maar die lachte alleen maar.

'Lukas staat in de belangstelling', zei hij. 'Geen kat zal aandacht aan mij schenken.'

'Je bent een echte vriend', stelde Tanja vast en ze rende de kapel in om de sluier naar Sandra te brengen.

Het gezelschap had plaatsgenomen op de kerkbanken, Lukas en Michael stonden al bij het altaar.

'Lukas Zastrow heeft er talent voor om voor opwinding te zorgen', fluisterde Charlotte Robert in het oor. Hij grijnsde.

'Je ziet amper dat hij vannacht naar Italië is gereisd', stelde hij vast. De bruidegom zag er werkelijk keurig uit in zijn trouwkostuum.

'Zouden Miriam en jij ook niet nog voor de kerk huwen?' vroeg Charlotte plotseling.

'Waarom? Een burgerlijk huwelijk volstaat toch?' Maar zijn moeder vond dat een kerkelijk huwelijk toch nog een andere betekenis had. Het was veel feestelijker. 'Het is misschien geen slecht idee', zei Robert nadenkend. 'Ik zou Miriam nog wel honderdmaal willen huwen.'

'Je zou het huwelijk kunnen laten samenvallen met de doop van jullie baby.' Charlotte was meteen razend enthousiast, maar toen weerklonk de muziek en ging de deur van de kapel open. Badend in het stralende zonlicht schreed Sandra aan de arm van haar vader de kapel in. Lukas was als betoverd door haar mooie verschijning.

15

'Zul jij van je vrouw houden en voor haar zorgen in goede en kwade dagen voor de rest van jullie leven?' vroeg de priester aan Lukas.

'Ja', antwoordde Lukas en hij keek Sandra liefdevol aan. Toen richtte de priester zich tot de bruid.

'Sandra, ben jij hier uit vrije wil gekomen en wil je Lukas Zastrow tot je echtgenoot nemen?'

'Natuurlijk wil ik dat', riep ze uitbundig uit, maar merkte meteen dat de priester dat niet echt gepast vond. 'Excuseer, ja.' Werner grinnikte.

'Zul jij van je man houden en voor hem zorgen in goede en kwade dagen voor de rest van jullie leven?' vroeg de priester vervolgens ook aan Sandra.

'Ja.' Ze schoven de trouwringen om. Astrid pinkte een traan weg. Ze kon amper geloven dat haar dochter, haar Sandra, een getrouwde vrouw was. Ook Lena snufte.

'Toen ik huwde, zag ik er ook nog zo gelukkig uit', fluisterde ze tegen Alfons, die naast haar zat.

'Bent u dat nu niet meer dan?' vroeg Alfons. Lukas' zus maakte een wegwuivend gebaar.

Lukas en Sandra waren gehuwd. Hij tilde haar sluier op en keek zijn vrouw vol liefde aan. Hij kuste haar lief. Het was eindelijk zover. Na alle drama's, verwikkelingen, intriges. Na alle verdriet, ontgoochelingen. Eindelijk stonden ze hier. Als man en vrouw.

'Is het huwelijk al voorbij?' vroeg Götz aan Eva Krendlinger. Ze schudde het hoofd. Het feestgezelschap was nog niet teruggekeerd naar het Fürstenhof. 'Dit is een geschenk voor het bruidspaar.' Hij stopte haar een geschenk in de handen. 'Zou u het aan hen kunnen geven?'

'Natuurlijk', beloofde ze en vroeg zich verbaasd af waarom de vader van de bruidegom in hemelsnaam niet gewenst was op het huwelijksfeest van zijn zoon. De relaties in het Fürstenhof waren best ingewikkeld...

'Nu zijn al mijn kinderen gehuwd.' Werner klonk een beetje melancholisch. De gasten van het huwelijksfeest hadden zich verzameld voor het hotel voor de receptie. 'Dit is het laatste huwelijk dat we beleven.'

'Wie weet...' zei Charlotte geheimzinnig en ze glimlachte.

'Ik ben al een beetje nerveus voor ons optreden zo meteen', zei Rosalie op dat moment tegen Michael en ze haakte haar arm in zijn arm.

'Ik ook', antwoordde Michael met een geforceerde glimlach op zijn gezicht.

Simon ging snel op zoek naar Maike Steenkamp. Ze was vast boos omdat hij haar die ochtend in de steek had gelaten. Hij moest zich bij haar verontschuldigen.

Hij trof haar aan in het restaurant en ze begroette hem opvallend koel.

'Je kunt het me misschien vergeven als ik je zeg dat ik een dolverliefde bruidegom heb geholpen om een bruidsluier in

Italië te gaan halen. Zodat hun droomhuwelijk vandaag kon plaatsvinden.' Ze keek hem onderzoekend aan.

'Je bent dus echt een romanticus?' vroeg ze. Er deden al enkele uren de wildste verhalen de ronde in het Fürstenhof over autopech en tractoren. 'Is dat allemaal waar?' Hij knikte grijnzend. 'In dat geval kan ik niet anders dan een oogje dichtknijpen.'

'Ik wil het graag met je goedmaken door je uit te nodigen voor het veelbesproken huwelijksfeest', zei hij. Maike nam zijn uitnodiging maar al te graag aan.

Het feest was begonnen. De weergoden waren Lukas en Sandra gunstig gezind, daarom vond het feest buiten plaats, er was zelfs een dansvloer voorzien.

'Een mooi paar', stelde Charlotte vast terwijl ze Lukas en Sandra bekeek. Werner kon niet anders dan het met haar eens zijn. Hij had het er alleen wel moeilijk mee dat zijn dochter vanaf nu Zastrow heette.

'Ze heeft in elk geval het beste lid uit die familie uitgekozen', zei hij lachend, maar werd meteen weer weemoedig. Hij had altijd gehoopt dat minstens een van zijn kinderen in het Fürstenhof zou blijven wonen. Tot nu toe hadden ze echter allemaal het hotel meteen na hun huwelijk verlaten. 'Dat is toch een domper op de feestvreugde vandaag.'

'Wees maar blij,' zei zijn ex-vrouw, 'en geniet ervan nu Robert hier een paar dagen verblijft.' Hij knikte.

'Wanneer zal het grote optreden plaatsvinden?' vroeg Nils zijn vrouw. 'Ik verheug me er al op.' Rosalie, die samen met Michael in de buurt stond, antwoordde nog voor Tanja haar mond kon openen.

'Meteen na de openingsdans', zei ze trots. Tanja keek Michael vragend aan. 'U hoeft niet zo te kijken. We zingen het lied samen of we zingen het niet.'

'Denk jij daar ook zo over?' vroeg Tanja streng aan Michael. Hij sloeg zijn ogen neer onder haar woedende blik. 'Dan doen jullie het maar lekker alleen.' Tanja liep boos weg.

'Mij goed', zei Rosalie. 'Ze brengt me toch alleen maar uit het ritme.'

De openingsdans werd ingezet. Sandra en Lukas liepen de dansvloer op.

'Hierna zijn wij aan de beurt', zei Rosalie tegen Michael. Hij raapte al zijn moed bij elkaar.

'Jij niet!' zei hij vastberaden.

'Wat krijg jij nu?' vroeg ze geërgerd.

'Ik zal het lied samen met Tanja brengen. Zonder jou.' Het duurde even voor het tot haar doordrong.

'Ik moet zingen!' zei ze toen beledigd. 'Het lied is mijn geschenk voor Lukas en Sandra.'

'Het is Tanja's geschenk voor die twee', sprak hij haar tegen. 'Het spijt me, ik had het je veel vroeger moeten zeggen. Het klinkt gewoon niet goed als jij meezingt.' Ze staarde hem ontzet aan. Daarna maakte ze rechtsomkeert en trippelde gekwetst weg. Hij zuchtte.

Tanja was blij dat Michael toch had getoond dat hij zijn mannetje stond. Na de openingsdans nam ze de microfoon.

'Dames en heren, lieve vrienden. U zult nu een lied horen dat voor het bruidspaar een bijzondere betekenis heeft.' Ze knikte naar Michael, die het lied inzette op het keyboard. Sandra en Lukas herkenden de melodie en begonnen te stralen. Tanja zette *Without you* in. Ze zong prachtig. Het bruidspaar begon verliefd te dansen. Ook Simon raapte al zijn moed bij elkaar en vroeg Maike Steenkamp ten dans. Ze ging maar al te graag op zijn verzoek in.

Na het lied van Tanja en Michael bracht Werner nog een kleine toost uit op het bruidspaar.

'Sandra, Lukas...' Hij stak zijn glas omhoog. 'Jullie hebben een moeilijke weg moeten afleggen voor deze dag aanbrak. Ik wens jullie alle vreugde en geluk die jullie hebben verdiend. Deze witte duiven zullen mijn wens hopelijk in vervulling brengen.' Hij opende de duivenmand en de duiven vlogen de vrijheid tegemoet.

'Dat is lief...', zei Sandra ontroerd. Ook Lukas bedankte zijn schoonvader oprecht.

Rosalie had het feest verlaten. Ze was diep gekwetst omdat Michael had geweigerd haar te laten meezingen. Ze had nu niet eens een geschenk voor Lukas en Sandra. Ze bekeek de tafel vol geschenken op het terras. In een opwelling greep ze een van de geschenken, rukte het kaartje eraf en stopte haar visitekaartje onder het lint. Ze verscheurde het kaartje en wierp het in de eerste vuilnisbak die ze tegenkwam, zonder te lezen van wie het geschenk in feite was. Als ze had geweten dat het een geschenk van Götz Zastrow was, had ze misschien nog een keer nagedacht...

Robert werkte zich in de keuken uit de naad, zodat hij zijn halfzus kon verwennen met een heerlijk huwelijksdiner. Alles verliep perfect. Ondertussen dacht hij ook na over het voorstel van zijn moeder. Het zou inderdaad geweldig zijn ook nog voor de kerk te huwen met Miriam! Het was een schitterend idee om dat tegelijkertijd met de doop van Valentina te doen. Hij zou het aan Miriam voorstellen zodra hij terug in Frankrijk was.

Hij liet de keuken even achter en vroeg Eva Krendlinger ten dans.

'Hoelang blijft u nog in het Fürstenhof?' vroeg ze.

'Ik keer morgen naar Parijs terug', antwoordde hij. Dan zou ook Miriam teruggekeerd zijn van zee.

'Kijkt u ernaar uit weer thuis te zijn?' Hij knikte en vertelde haar enthousiast over het idee om na de geboorte van hun baby voor de kerk te huwen. Toen pas besefte hij dat het voor Eva niet fijn was dat hij zo pochte over zijn vrouw. Maar ze lachte alleen maar.

'Het is mooi om te zien hoeveel u van uw vrouw houdt', zei ze. 'Hopelijk wordt ons bruidspaar hier net zo gelukkig als u en Miriam.'

Het was al nacht toen Sandra en Lukas het feest verlieten. Precies zoals het hoorde, droeg hij haar over de drempel van zijn woning. De woonkamer was versierd met ballonnen en rode rozen, dat was vast het werk van Tanja. Ze had zelfs aan alcoholvrije mousserende wijn gedacht.

Sandra en Lukas proostten dolgelukkig op hun geluk.

'Op mijn vrouw.'

'Op mijn man.' Toen vielen ze elkaar in de armen. Wat hadden ze verlangd naar dit huwelijk...

Rosalie had besloten het feest toch niet helemaal aan zich voorbij te laten gaan. Ze danste met Michael alsof er niets was gebeurd. Maar toen ze naar huis gingen, kon ze niet nalaten toch een beetje wraak te nemen. Toen hij haar naar haar woning bracht, beweerde ze dat ze moe was en alleen wilde slapen.

'Er is vast nog een kamer vrij in het hotel', zei ze overdreven lief. Hij kon niet in zijn eigen woning slapen, want daar verbleef het bruidspaar. 'En anders kun je altijd nog in je spreekkamer slapen.'

De volgende dag was Sandra al vroeg op. Haar eerste dag als een gehuwde vrouw! Als ze zich de rest van haar leven zou voelen zoals ze zich nu voelde... Hemels was het. Iemand had in de woonkamer een uitgebreid ontbijt klaargezet. En de geschenken waren ook al in de woonkamer gelegd. Sandra en Lukas besloten te ontbijten en tegelijkertijd de cadeautjes uit te pakken.

Lena had voor hen een boek over landschapstuinieren en bloemenzaadjes gekocht.

'Een startpakket voor jullie hotel in Tsjechië', stond op het kaartje te lezen. 'Ik hoop dat het er ooit zo zal uitzien als op de foto's in dit boek.'

'Je zus is ongelooflijk lief', stelde Sandra vast. 'Ik ben blij dat ik eindelijk kennis met haar heb gemaakt.' Lukas' gezicht kreeg een sombere uitdrukking.

'Lena was blij voor ons dat we dit project konden beginnen.' Niemand had durven denken dat het niet zou doorgaan. Maar helaas verleende de bank hun geen krediet. 'Misschien vinden we nog een andere oplossing', zei Lukas. 'We zullen er enkele dagen over nadenken.' Hij nam een volgend geschenk van de stapel. Een onopvallend verpakt cadeau. Tot zijn verbazing stak het visitekaartje van Rosalie achter het lint. Ook Sandra was verrast. Ze had niet verwacht dat Rosalie hun een geschenk zou geven voor hun huwelijk.

'Wat zit erin?' vroeg ze nieuwsgierig. 'Iets gemeens? Iets om ons te pesten?'

'Zeg maar gerust het tegendeel', mompelde Lukas stomverbaasd toen hij het pakje had geopend. Sandra's mond viel open toen hij haar de bundel geldbriefjes toonde. 'Het gaat om tientallen duizenden euro's...'

Ze gingen op zoek naar Rosalie en troffen haar in het park. Ze had net een ronde gejogd.

'Het gaat om je huwelijksgeschenk', begon Lukas verlegen. 'Eerst en vooral heel hartelijk bedankt. Dat was heel vrijgevig van je.' Rosalie keek verbaasd op. Ze had geen idee wat er in het pakje had gezeten, maar ze deed snel of het een heel normaal cadeau was.

'Geen probleem', zei ze. 'We kennen elkaar toch goed, daarom dacht ik dat jullie een kleinigheid van mij verdienden.' Sandra en Lukas wisselden een geërgerde blik uit.

'Een kleinigheid zou inderdaad gepast geweest zijn', antwoordde hij. 'Maar dit... We kunnen het niet aanvaarden.'

'Waarom niet? Jullie kennen me toch', zei Rosalie en ze vroeg zich ondertussen af wat er in hemelsnaam in het geschenk had gezeten.

'Het betekent voor ons natuurlijk een grote stap vooruit', mengde Sandra zich in het gesprek. 'Het is precies dat bedrag dat we nodig hebben voor de verbouwing van het hotel in Tsjechië.' Rosalie begreep er nog altijd niets van.

'Maar honderdduizend euro?' vulde Lukas aan. 'Jij hebt het toch ook niet zo breed dat je dat bedrag zomaar kunt missen?' Toen drong het tot Rosalie door wat er in het pakje had gezeten. Ze werd bleek. Er zat echter niets anders op dan het spelletje voort te spelen.

'Ik wilde jullie gewoon een nieuwe start en een zorgeloze toekomst bezorgen', beweerde ze daarom snel. 'Maar als jullie het niet willen...'

'We nemen het aan,' onderbrak Lukas haar, 'maar niet als geschenk, als lening. We betalen je terug. Tot de laatste cent.' Rosalies hart maakte een vreugdevol sprongetje, maar dat liet ze natuurlijk niet merken.

'Ik wilde jullie dat geld echt schenken', loog ze. 'Ik gun het jullie van harte. Maar goed, als jullie het absoluut willen terugbetalen...'

'Dat je ons geld leent, is ook al een geweldig geschenk voor ons', antwoordde Sandra. 'We waren namelijk bang dat we onze droom van een ecohotel konden vergeten omdat we geen startkapitaal hadden.' Met dit geschenk stond niets hun droom nog in de weg.

'Ik wens jullie dan ook het allerbeste', zei Rosalie minzaam. Sandra en Lukas nodigden haar nog uit voor hun afscheidsmaal later die dag. Daarna moest het kersverse bruidspaar dringend beginnen te pakken. Het Reuzengebergte wachtte op hen!

Robert had zijn koffer al gepakt. Dat had heel wat voeten in de aarde gehad, want Charlotte en Werner hadden hem overladen met cadeautjes voor de baby. Meteen na de geboorte van Valentina zouden ze naar Parijs vliegen om hun kleindochter te bewonderen.

Roberts mobieltje begon te rinkelen. Het was Miriam die hem belde.

'Hallo, liefje!' begroette hij haar enthousiast. 'Vanavond ben ik weer bij je. Ik kan amper wachten.' Toen keek hij plotseling ernstig. 'Ik probeer een vlucht eerder te nemen', zei hij en verbrak de verbinding. 'Miriam is bij de gynaecoloog', zei hij geschokt tegen zijn ouders. 'Ze moet naar het ziekenhuis. De baby heeft een tachycardie.' De hartslag van de baby was veel te hoog.

'Wat betekent dat?' vroeg Charlotte bezorgd.

'Het zou kunnen dat we ons kind verliezen.' Tranen sprongen Robert in de ogen.

'Tot nu toe waren er toch nooit complicaties?' Werner was duidelijk geschokt. Miriam en Robert hadden elke dag met elkaar gebeld. Alles was al die tijd in orde geweest. Waarom moest Miriam nu dan toch zo dringend naar het ziekenhuis?

'Gelukkig was ze al terug in Parijs', zei Charlotte.

'Ze wordt er vast goed verzorgd', probeerde ook Werner zijn zoon moed in te spreken.

'Ik moet er meteen naartoe.' Robert vroeg zijn ouders ervoor te zorgen dat hij zo snel mogelijk een vlucht naar Parijs kon nemen. Hij zocht zelf nog snel de rest van zijn spullen bij elkaar en belde een taxi.

Hij nam alleen afscheid van Charlotte en Werner. Er viel geen tijd te verliezen.

'Als je ons nodig hebt, komen we meteen naar Parijs', beloofde Werner zijn zoon.

'Ik kan voorlopig alleen maar hopen dat het meevalt', antwoordde Robert zenuwachtig.

'Tegen de tijd dat jij in Parijs aankomt, gaat het vast al veel beter met Miriam en de baby', zei Charlotte hoopvol.

Robert omhelsde zijn ouders en stapte toen in de taxi. Niemand was ervan op de hoogte dat hij al vertrok. Charlotte en Werner besloten voorlopig niemand te vertellen dat er complicaties waren opgetreden bij Miriam. Ze wilden vooral Lukas en Sandra niet ongerust maken. Die twee hadden het nu eindelijk verdiend in alle rust van hun geluk te kunnen genieten.

16

Simon had bij zijn vader een picknickmand besteld. André had al een vermoeden wie zijn zoon daarmee een plezier wilde doen. Het was hem namelijk niet ontgaan dat Simon en Maike Steenkamp de vorige avond op het feest vaak met elkaar hadden gedanst. De Zuid-Afrikaanse vrouw was trouwens mooi en sympathiek. Simon deed ook niet veel moeite te ontkennen dat hij verliefd was op Maike. Hij vond haar inderdaad met de dag leuker worden. Zelfs al wilde ze geen wijnbouwer worden...

Er was voor Lukas en Sandra een hele berg post aangekomen in het Fürstenhof, allemaal gelukwensen met hun huwelijk. Lukas nam de stapel post in ontvangst bij de receptie net toen Götz naast hem opdook.

'Van harte gefeliciteerd met jullie huwelijk', zei hij.

'Dank je', antwoordde Lukas koeltjes.

'Hebben jullie mijn geschenk al opengemaakt?' vroeg zijn vader benieuwd. Lukas kon zich niet herinneren dat hij een geschenk van zijn vader had gekregen, maar hij wilde dat niet toegeven.

'Ja, bedankt', antwoordde hij daarom eenvoudigweg. 'Leuk.'

'Is dat alles wat je daarop te zeggen hebt?' vroeg Götz verwonderd.

'Wat verwacht je dan?' Lukas deed geen moeite zijn ergernis te verbergen. 'Denk je nu echt dat je met een geschenk alles kunt goedmaken wat je hebt kapotgemaakt?'

'Ik had gehoopt...' Götz wist het even niet meer. 'Nou ja, ik wilde jullie tenminste duidelijk maken dat ik jullie het allerbeste wens voor de toekomst.'

'Als jij je niet met onze toekomst bemoeit, zijn we gelukkig en tevreden.' En met die woorden liet Lukas zijn verbijsterde vader staan.

Toch vroeg hij Sandra even later wat zijn vader hun had geschonken. Maar zij herinnerde zich slechts twee geschenken waaraan geen kaartje hing, een vruchtenpers en bestek. Die twee dingen pasten echter niet bij Götz.

'Het is niet te geloven', zuchtte Lukas. 'Hij deed alsof hij beledigd was en hij heeft er weer voor gezorgd dat ik word geplaagd door een slecht geweten.'

'Tja, het wordt tijd dat je volwassen wordt', zei Sandra lachend en ze kuste hem.

'Gelukkig hoeven we hier niet langer te blijven!' Dat kon Sandra alleen maar beamen. Ze zou zich de periode die ze in het Fürstenhof had doorgebracht, altijd herinneren als heel speciaal. Hier was ze hersteld van haar harttransplantatie, die haar een nieuw leven had geschonken. Hier had ze eindelijk haar Lukas gevonden. En haar echte vader. En ze had hier zo veel andere mensen leren kennen die haar ondertussen na aan het hart lagen. Maar nu was het tijd voor een nieuw hoofdstuk in haar leven.

Van één plek nam Sandra tegen haar zin afscheid, de serre. Toen ze nog een laatste blik op de Ludovika wierp, kon ze haar ogen niet geloven. De orchidee stond in bloei! Dat kon niet anders dan een goed teken zijn! Een betere start konden Lukas en zij niet krijgen voor hun nieuwe leven...

Maike en Simon zaten gezellig op de bergweide te genieten van de heerlijkheden die André in de keuken voor hen had bereid. Ze praatten ontspannen met elkaar. Simon wachtte stiekem op een geschikt moment. Hij wilde Maike namelijk vertellen dat hij verliefd was op haar.

Zover kwam het echter niet. Want net toen hij al zijn moed bijeengeraapt had en nog snel een laatste hap van een meloen deed, voelde hij plotseling een pijnscheut. Een bij had hem gestoken! Ze had op de meloen gezeten en hij had het niet gezien. Zijn tong deed vreselijk pijn en begon razendsnel op te zwellen.

'Je moet meteen naar het ziekenhuis!' Maike trok hem recht en duwde hem in de richting van het Fürstenhof. 'Je kunt stikken als ze blijft opzwellen!'

In het restaurant was het afscheidsmaal van Lukas en Sandra begonnen.

'Je ziet er geweldig uit...' Lena begroette haar broer met een kus op de wang. 'Zeker als je weet dat je de nacht voor je huwelijk niet hebt geslapen.'

'Een huwelijk maakt ongekende krachten in je los, zusje', antwoordde Lukas glimlachend. Toen kwam Eva eraan. Ze wilde Lukas nog een keer persoonlijk feliciteren. Lukas stelde de beide vrouwen aan elkaar voor.

'Toch bijzonder hoe alles uiteindelijk naar het Fürstenhof leidt', zei Lena ontroerd toen ze vernam dat Eva Markus' vriendin was geweest. Ze nam Eva spontaan bij de arm. Ook

Eva was onder de indruk van deze ontmoeting. Ze had Lena nog maar één keer gezien, op de begrafenis van Markus.

'Mag ik even jullie aandacht?' Sandra en Lukas stonden voor hun gasten en Lukas begon een kleine toespraak. 'Lieve vrienden, lieve familieleden, we willen jullie nog eens bedanken voor al jullie felicitaties en de prachtige geschenken voor ons huwelijk. Een ware engel, die liever niet bekend wil worden gemaakt, heeft ons een heel bijzonder geschenk gegeven...' Hij wierp Rosalie stiekem een glimlachje toe. 'Daarmee kunnen we het oude klooster in Tsjechië kopen en het omvormen tot een ecohotel.' De gasten applaudisseerden. Lena had de blik die haar broer Rosalie had toegeworpen, opgemerkt, en sprak Rosalie erover aan.

'Bent u die engel?' Rosalie knikte.

'Het gaat om een lening', zei ze minzaam. 'Maar houd het alstublieft voor uzelf, ik wil niet dat iedereen dat weet.' Ze had niet gemerkt dat André Konopka en Michael elk woord van het gesprek hadden gevolgd.

Even later wandelden Lukas en Michael samen door het park.

'Ik zal jou en Sandra missen.' De arts was duidelijk ontroerd. Hij was zo blij geweest dat hij in het Fürstenhof zo veel tijd kon doorbrengen met zijn oude makker.

'Ik jou ook', antwoordde Lukas. 'We hebben hier een geweldige tijd beleefd.' Natuurlijk zouden ze in contact met elkaar blijven. Michael beloofde dat hij Sandra en Lukas in het Reuzengebergte zou bezoeken zodra het klooster was verbouwd. 'Je hebt de juiste beslissing genomen door hier te blijven', zei Lukas toen.

'Ik ben benieuwd hoe het er hier verder aan toe zal gaan', zei Michael en hij klonk een beetje onzeker.

'Fabien is hier, hij heeft je nodig.' Lukas knipoogde naar zijn vriend. 'En ik heb gemerkt dat je het ook heel goed kunt vinden met Rosalie.' Michael lachte.

'Even afwachten hoelang ik dat vuurwerk van verrassingen volhoud', zei hij grijnzend. 'Ik heb vannacht in mijn spreekkamer moeten slapen.' Daarna vroeg hij of het geld voor het ecohotel werkelijk van Rosalie kwam. Lukas knikte.

'Sandra en ik konden ook amper geloven dat ze zo vrijgevig kon zijn', gaf hij toe.

Lena stond al met haar koffer voor het hotel te wachten, toen haar vader naar haar toe kwam.

'Vertrek je al?' vroeg hij. 'Je kon toch even afscheid van me komen nemen?'

'Ik had geen zin om je nog een keer te zien', snoof ze. Hij merkte dat hij het nooit meer goed zou kunnen maken met zijn dochter.

'In elk geval... Ik ben er altijd voor je, als je me nodig hebt.' Ze snoof minachtend. 'Ik heb vernomen dat Sandra en Lukas naar Tsjechië vertrekken.' Lena knikte. 'Weet jij waar ze het geld vandaan hebben gehaald?'

'Van Rosalie, Lukas' ex-vrouw.' Götz keek haar stomverbaasd aan. Hoe was Rosalie daar nu weer in geslaagd? Hoe kon ze doen alsof zijn geld haar geschenk was?

Eva vond het erg dat Robert geen afscheid van haar had genomen. Ze wist natuurlijk niet wat de reden daarvoor was. Ze had zelfs een geschenk aan hem willen geven: een schetsboek met tekeningen van Robert en een baby. Ze had hem op die manier een beetje moed willen toewensen voor zijn nieuwe leven als papa.

'Dat is een leuk idee', vond Hildegard toen ze het schetsboek had doorbladerd. Ze wist niet dat Eva zo goed kon tekenen. 'Stuur het op naar Parijs. Hopelijk schaamt hij zich dan voor zijn onbeleefde, overhaaste vertrek.' Ook Hildegard was beledigd omdat Robert was vertrokken zonder afscheid van haar te nemen.

Lena zat al in de taxi. Ze wachtte op Sandra en Lukas. Ze zouden met zijn drieën vertrekken. Maar het kersverse bruidspaar moest van heel veel mensen afscheid nemen. Iedereen had het er moeilijk mee. Sandra en Lukas hoorden bij het Fürstenhof, ze zouden een grote leegte achterlaten.

Werners hart brak bijna omdat hij zijn dochter, hoewel hij haar nog niet zo lang kende, alweer moest laten gaan. Maar hij wist dat Sandra de juiste beslissing had genomen. Er stond haar een nieuw leven te wachten met de man van haar leven. Hij kon alleen maar hopen dat ze gelukkig zou blijven.

Toen hij haar een laatste maal omhelsde, vergat hij heel even zijn zorgen om Miriam en Robert. Charlotte en hij hadden nog altijd niemand verteld wat er aan de hand was. Sandra en Lukas wisten dus niet waarom Robert al was vertrokken. Door alle opwinding schonken ze er ook niet veel aandacht aan.

Eindelijk stapten ze in de taxi en zwaaiden ze een allerlaatste keer naar hun familie en vrienden. De taxi vertrok. Het Fürstenhof was verleden tijd voor Lukas en Sandra.

Meteen na hun vertrek sloeg de bezorgdheid bij Charlotte en Werner weer toe. Eindelijk kregen ze een telefoontje van

Robert. Hij had vertraging gehad op zijn vlucht naar Parijs en hij was nog altijd onderweg naar het ziekenhuis. Hij had Miriam nog niet gesproken, men wilde hem in het ziekenhuis niet doorverbinden met haar.

'Waarschijnlijk zijn ze nog onderzoeken aan het doen.' Hij zou meteen met een arts spreken als hij aankwam.

'Houd ons alsjeblieft op de hoogte', smeekte zijn moeder. Ze hield de onwetendheid amper uit. Maar ze zouden nog even geduld moeten oefenen.

Michael had een glas rode wijn voor zichzelf uitgeschonken en staarde een beetje weemoedig naar de dozen met Lukas' spullen die in de woning opgestapeld stonden. De woning leek zo leeg zonder zijn huisgenoot. Toen kwam Rosalie binnen.

'Hallo!' begroette ze hem vrolijk en keek nadrukkelijk om zich heen. 'Hier moet dringend iets gebeuren', vond ze.

'En ik weet al waarmee ik zal beginnen.' Ze kuste hem.

'Ik ben zo blij dat je de avond met me wilt doorbrengen', zei ze verleidelijk.

'Ja, ik ook', zei hij. 'Maar eerst wil ik iets weten. Waar komt die honderdduizend euro vandaan die je Lukas en Sandra hebt geschonken?'

'Van Lukas' vader', loog ze. 'Hij is me nog tweehonderdduizend euro verschuldigd. De helft daarvan heb ik aan hen gegeven als startkapitaal.' Ze sloeg haar ogen neer onder zijn onderzoekende blik. 'Ik voelde me daartoe verplicht als Lukas' ex-vrouw', ging ze voort. 'Ik wil dat hij het goed heeft.'

'Dat is de slechtste leugen die ik tot nu toe van je heb gehoord', snauwde hij tegen haar. Ze trok een lip. 'Eerst klaag je dat je absoluut Tanja's lied wilt zingen omdat je anders geen geschenk hebt voor hen en dan tover je ineens honderdduizend euro uit je hoed?'

'Ik wist toen nog niet dat Götz Zastrow zijn schulden zou inlossen', verdedigde ze zichzelf.

'Waar komt dat geld vandaan?' drong hij aan.

'Ik weet het niet.' Hij wees haar de deur. 'Ik weet het echt niet', beweerde ze. 'Ik stond gisteren bij de tafel met geschenken en ik heb gewoon mijn visitekaartje tussen het lint van een geschenk gestopt.'

'En van wie was dat geschenk?' vroeg hij.

'Dat weet ik niet.' Ze had het kaartje dat eraan hing, gewoon weggegooid.

'Dus heel toevallig kies jij net dat pakje uit waarin honderdduizend euro zit?' vroeg hij wantrouwig.

'Hoe kon ik weten wat erin zat?! Ik vond het gewoon een mooi geschenk.' Hij luisterde hoofdschuddend toe. 'Ik weet dat het belachelijk klinkt, maar zo is het echt gegaan. Ik begrijp zelf ook niet waarom iemand zo stom is om honderdduizend euro te schenken en het cadeau achteloos op een tafel vol geschenken achterlaat.'

'Ik begrijp niet dat jij een geschenk aan iemand durft te geven dat niet van jou is', zei Michael. 'En dat je je daarvoor ook nog eens uitgebreid laat bedanken in aanwezigheid van zo veel mensen. Bovendien spreek je nog met hen af dat ze je het bedrag zullen terugbetalen!'

'Dat hebben ze zelf voorgesteld en ze stonden erop!' verdedigde Rosalie zichzelf. 'Anders wilden ze het geschenk niet aanvaarden. Het is een renteloze lening.'

'Kun jij daarmee leven?' vroeg hij verbijsterd.

'Moet ik het geld dan aan dakloze kinderen in Rio schenken of zo?' snauwde ze hem toe.

'Ja, dat zul je inderdaad doen', antwoordde hij in alle ernst. Ze rolde met haar ogen.

De bijensteek in zijn mond had gelukkig geen ernstige complicaties tot gevolg gehad. Toch kon Simon de volgende ochtend amper spreken. Hij mompelde en lispelde vreselijk. Ben lachte zich krom, maar Simon vond de hele situatie allesbehalve grappig.

'Hoe zit het nu met Maike?' vroeg Ben nadat hij was uitgelachen. 'Vindt ze jou ook leuk?'

'Ik denk het wel', mompelde Simon terwijl zijn huisgenoot weer begon te giechelen. 'Soms kijkt ze me zo aan...' En de vorige dag was ze met hem naar het ziekenhuis gereden en was ze heel bezorgd geweest.

'Probeer het dan nog een keer', besloot Ben. Dat wilde Simon wel, maar dan moest hij eerst opnieuw fatsoenlijk kunnen praten.

Even later bracht Maike hem een bezoek. Ben was ondertussen al naar het Fürstenhof vertrokken.

'Hoe gaat het nu met je?' vroeg Maike medelevend. Hij haalde zijn schouders op.

'Je hebt een leuk appartement', stelde ze vast terwijl ze rondkeek. 'Alles aan jou is trouwens leuk.' Hij kreeg weer hoop. 'Dat overkomt me niet vaak', ging ze glimlachend voort. 'In feite is het me nog nooit overkomen.' Hij wachtte vol spanning op wat zou volgen. 'Met jou is het helemaal anders. Alles is zo ontspannen. Normaal kan ik het alleen goed met een man vinden als ik verliefd op hem ben. Maar bij jou is het anders. Het liefst van al zou ik willen dat mijn vader je adopteert. Ik zou dan eindelijk de broer hebben die ik altijd al wilde hebben.' Hij kon zijn ontzetting en teleurstelling amper verbergen. Ze beschouwde hem dus alleen maar als een leuke broer?

'Ik zal je niet lang storen.' Götz dook onverwacht op in het kantoor van Rosalie.

'Ik had net je zoon aan de lijn', vertelde ze hem. Sandra en Lukas waren goed aangekomen in Tsjechië.

'Ik neem aan dat ze snel met de verbouwing van het klooster beginnen.' Götz deed of hij blij was.

'In elk geval zullen ze vandaag nog de koopovereenkomst ondertekenen', bracht Rosalie hem op de hoogte.

'Het is trouwens heel lief van je om zo gul te zijn hun een lening te gunnen', zei hij.

'We helpen waar we kunnen helpen', zei ze hautain. Hij haalde een chequeboekje uit zijn zak.

'Ik wil mijn schulden bij je vereffenen.' Ze keek hem blij aan. Toen zag ze echter dat hij een cheque had uitgeschreven van honderdduizend euro. Ze hadden toch het dubbele afgesproken? 'Dat klopt', bevestigde hij. 'De eerste helft heb je echter al jezelf toegeëigend en vervolgens aan het kersverse bruidspaar geschonken.' Het duurde even voor zijn woorden tot haar doordrongen.

'En wat dan nog als dat zo was...' zei ze onzeker. 'Dat kun je toch niet bewijzen?'

'Nee, dat kan ik niet', antwoordde hij onverstoord. 'Maar ik denk dat je weinig zin hebt om deze zaak voor de rechtbank uit te vechten.' Ze keek hem verslagen aan en aanvaardde de cheque. 'Dat is heel slim van je', zei hij spottend. 'Nu hoef je me alleen nog de schuldbekentenis en de schriftelijke bekentenis van Cosima te geven.' Ze gaf hem zwijgend de enveloppe die in haar handtas zat. 'Nog één vraag... Lukas heeft je niet altijd even vriendelijk behandeld. Eerst het huwelijk, dan de scheiding door die Sandra, die natuurlijk niet aan jou kan tippen...'

'Tja, dat heeft hij nooit ingezien', stelde Rosalie zelfingenomen vast.

'Dat is zo! Daarom begrijp ik niet goed waarom je hem en zijn vrouw, die je vast haat, geld geeft, zodat ze hun liefdesnest kunnen creëren.' Die zat. Rosalie bleef bedroefd achter.

'Als je naar hier gekomen bent om me weer een preek te geven, kun je maar beter weer vertrekken.' Woedend keek Rosalie Michael aan toen die haar kantoor in kwam.

'Wat is er met jou aan de hand?' Ze duwde hem Götz' cheque onder zijn neus.

'Dit is er aan de hand!' zei ze boos. 'Terwijl Cosima bereid was twee miljoen te betalen voor de schuldbekentenis en de schriftelijke bekentenis.' Michael had dat nooit geloofd. 'Goed, ik was bereid te zakken tot tweehonderdduizend euro, maar nu heeft hij daarvan het bedrag afgetrokken dat ik aan Lukas en Sandra heb gegeven.' Toen hij besefte wat dat betekende, verscheen een brede grijns op zijn gezicht.

'Dat die oude Zastrow zijn zoon zo veel geld wilde geven...', zei hij verbaasd. Rosalie zweeg koppig. 'Kom op! Je hebt nog altijd veel geld gekregen!'

'Nee!' sprak ze hem tegen. 'Ik had alle middelen in handen om hen onder druk te zetten en nu moet ik tevreden zijn met een aalmoes. Waarom ben ik toch altijd de verliezer?' Hij nam haar liefdevol in zijn armen.

'Verliezen is heel wat anders, geloof me maar', zei hij. 'Je hebt een lieve arts die je bovendien heel graag ziet...'

‘Waarom eigenlijk?’ vroeg ze koket.

‘Dat vraag ik me ook af, maar...’ Hij kuste haar. ‘Dat is vast liefde.’ Ze straalde en vergat al haar ergernis in één klap.

Robert had nog altijd niets van zich laten horen. Charlotte en Werner hadden al ontelbare keren geprobeerd hem te bellen, maar tevergeefs, ze werden altijd doorverbonden met zijn voicemail.

‘Ik houd het niet langer uit, hier hulpeloos te zitten wachten.’ Werner stond op het punt zelf naar Parijs te vertrekken. Hij zou rechtstreeks naar het ziekenhuis gaan. ‘Baat het niet, dan schaadt het niet.’ Charlotte stelde voor met hem mee te gaan. Al hoopte ze nog altijd dat er niets ernstigs aan de hand was. Toen rinkelde de telefoon. Charlotte nam op. Ze kreeg vreselijk nieuws te horen van Robert. De baby was gezond. Maar Miriam had de bevalling niet overleefd.

17

Eén week later was het hele Fürstenhof in diepe rouw. Werner ijsbeerde gekleed in een zwart pak door de woonkamer en oefende nog een keer de toespraak die hij zou houden op de begrafenis van Miriam. Plotseling rinkelde de telefoon. Charlotte belde vanuit Parijs. Ze was bij de kleine Valentina in het ziekenhuis gebleven, terwijl Robert enkele dagen na de dood van zijn echtgenote naar het Fürstenhof was teruggekeerd.

'Hoe gaat het met jullie?' vroeg Werner bezorgd.

'Het gaat wel', antwoordde Charlotte. De artsen hadden Valentina net nog onderzocht en ze hadden haar de toelating gegeven het ziekenhuis te verlaten. 'Ik heb deze namiddag een vlucht.' Vroeger was niet mogelijk geweest. 'Hoe gaat het met Robert?'

'Je kent onze zoon...' Robert leek, alles bij elkaar genomen, redelijk kalm.

'Ik vergeef het me nooit dat ik op dit moment niet bij hem ben', zei Charlotte. Maar iemand moest zich om Roberts dochter bekommeren. 'Ik ben in gedachten bij jullie', zei ze nog voor ze inhaakte.

Ook Tanja en Nils hadden rouwkleding aangetrokken. Tanja wist met haar verdriet geen blijf. Ze had korenbloemen geplukt voor op het graf. Dat waren Miriams lievelingsbloemen geweest.

'Centaurea', herinnerde ze zich. 'Toen ik Miriam voor het eerst zag, in de Fürstensuite was dat, vertelde ze me dat ze biologie studeerde. En dat ze van bloemen hield. En dat korenbloemen haar lievelingsbloemen waren. En dat de Latijnse naam voor korenbloemen *Centaurea* was.' Tanja barstte in tranen uit. Ze kon nog altijd niet geloven dat Miriam niet meer leefde. Nils nam zijn vrouw liefdevol in zijn armen in een poging haar te troosten. 'Miriam plaagde me altijd met die Latijnse woorden', snufte Tanja. 'Ik mocht haar meteen. Zoals ze daar zat, in haar rolstoel... Ze was zo dapper en zo mooi... En haar glimlach...'

'Ik kan het nog altijd niet begrijpen. Dat meisje was nog zo jong...' Hildegard was nog altijd van streek en zelfs haar man kon haar niet troosten. 'Ze kunnen zo veel... Ze houden mensen in leven met donorharten, kunstheupen... Een moeder zou toch niet meer bij een bevalling mogen sterven!'

'Nooit zullen artsen een middel tegen de dood vinden', zei Alfons zacht. 'En voor degene die sterft, maakt het niet meer uit. Voor hem of haar is het voorbij. Maar voor de nabestaanden, zoals voor Robert en die kleine Valentina?' Dat het kleine meisje zonder moeder moest opgroeien, daarvan brak Hildegards hart. Bovendien hadden Miriam en Robert het vanaf het begin al zo moeilijk gehad. Het minste wat ze verdienden was een lang leven samen. Ze zuchtte.

'Eerst Cosima Saalfeld, nu Miriam... Twee begrafenissen in een zo korte tijdspanne.' Het leek wel of het Fürstenhof vervloekt was de laatste tijd. 'En Alexander komt niet eens naar de begrafenis...'

'Het gaat echt niet', verdedigde Alfons zijn zoon. Laura en de kleine Hannah hadden de windpokken. Alexander stond er dus helemaal alleen voor in hun hotel in Brussel. 'Maar hij was meteen na het overlijden wel in Parijs. Hij heeft Robert in die eerste uren bijgestaan.'

André en Simon stonden op het punt te vertrekken.

'Wat zou Robert nu doen?' vroeg André zich af. Hij had het keukenpersoneel voor zijn vertrek ingepeperd dat er vandaag geen fouten mochten gebeuren. Hildegard en hij zouden aanwezig zijn op de begrafenis, zij konden de boel dus niet redden als het misliep.

'Hij is vast onderweg naar het kerkhof', zei Simon. Maar dat bedoelde zijn vader niet. André maakte zich zorgen dat Robert nu voor altijd in het Fürstenhof zou blijven.

'Dan kan ik het hier wel schudden', vreesde hij. 'Werner zal geen seconde aarzelen om mij op straat te zetten als zijn zoon zijn baan hier terug wil.' Simon vond het ongepast dat zijn vader zich op dit moment met zulke dingen bezighield. 'Jij hebt gemakkelijk praten', zei André verwijtend. 'Het is niet jouw toekomst die hier op het spel staat.'

Miriams kist werd in een open koets naar het kerkhof gebracht. Achter de koets liep de priester, achter hem de misdienaars en daarachter alle aanwezigen. Werner had zijn arm om zijn zoon gelegd. Robert stapte verstard voort. Hij staarde naar de kist waarin zijn vrouw lag en zette werktuigelijk de ene voet voor de andere.

De kist stond nu op houten planken boven het open graf. Daarachter lag een zee van rouwkransen. Laura en Alexander hadden een krans laten afgeven, net zoals Samia en Gregor en Emma en Felix.

'Ik kende Miriam nog voor ze mijn schoondochter werd', begon Werner zijn toespraak. 'Ze was eerst mijn dochter, mijn stiefdochter. En dat is ze voor altijd gebleven, mijn dochter. Ook toen mijn zoon Robert met haar huwde. Daarom is het nog onbegrijpelijker en vreselijker dat ze nu niet meer bij ons is.' Werner streed tegen de tranen en keek naar Robert. Die staarde voor zich uit, alsof hij er niet helemaal bij was. 'Toen ik Miriam voor het eerst zag, wist ik niet hoe ik me tegenover haar moest gedragen', ging Werner voort. 'Ik zag dat lieve meisje in haar rolstoel zitten... Maar Miriam slaagde erin dankzij haar openheid, haar natuurlijke houding, haar hartelijkheid, alle schroom bij me weg te nemen. We hebben haar gekend als een warme, liefdevolle vrouw. De pijn en de leegte die ze achterlaat, zijn dan ook groot...' Hij zweeg even, maar ging toen voort. 'Ik kan alleen maar vermoeden hoe groot de pijn dan moet zijn voor Robert, want ik weet hoeveel hij van Miriam hield.' Robert staarde nog altijd onbewogen naar de kist, terwijl iedereen om hen heen huilde. 'Mijn zoon, ook al kan ik de pijn niet van je wegnemen, weet dat wij, je moeder, je broer en je zussen en ik, er altijd voor je zijn.'

Eva Krendlinger was natuurlijk niet aanwezig op de begrafenis, ze kende Miriam niet. Maar het lot van deze jonge vrouw, van wie een foto met een rouwband in het Fürstenhof hing, raakte haar diep. Miriam zag er mooi uit op de foto. Zoals ze glimlachte... Ze zag er zo vrolijk en gelukkig uit... Het was gewoonweg onrechtvaardig dat iemand te jong het leven verloor. Net zoals Markus... Eva haalde diep adem. Ze wist heel goed wat Robert nu meemaakte. Hij stond nu aan haar graf, omringd door familie en vrienden en voelde zich zelfs dan eindeloos alleen. Hij kende Miriam veel langer dan Eva Markus had gekend. Ze wilden net een gezin stichten. En dan stierf de moeder bij de geboorte van haar eerste kind... Ze zou voortleven in haar dochter. Zou dat een troost zijn voor Robert? Hij had zo liefdevol over Miriam gesproken, hij had zich zo op zijn kind verheugd. Zijn dochter zou voor hem groot geluk betekenen. Ook al zou het meisje haar moeder nooit kennen. Ze zou nooit weten hoe Miriam praatte, hoe ze lachte...

Robert doorstond de condoleances onbewogen. Zelfs toen Tanja haar boeket korenbloemen in het graf had gegooid en hem innig omhelsde, vertoonde hij geen spoor van emotie. Hij stapte als laatste naar het graf toe en nam een handvol aarde. Hij kon het niet over zijn hart krijgen de aarde op de kist te gooien. Werner kwam bij hem staan en gebaarde dat ze samen weg zouden gaan. Maar Robert kon het niet. Hij wilde absoluut op het kerkhof blijven. Hoewel Werner het geen goed idee vond, liet hij zijn zoon alleen. De rest van het gezelschap keerde terug naar het hotel.

Aan tafel heerste een bedrukte stilte. Iedereen maakte zich zorgen om Robert.

'Het is jammer dat Emma en Felix er niet zijn', zei Tanja om de stilte te verbreken.

'Emma mag niet meer vliegen', antwoordde Hildegard. 'Hoogzwanger en dan nog van een tweeling...'

'Het is nog veel erger dat ik Viktoria niet tijdig heb kunnen bereiken', nam Simon het woord. 'Ze weet nog van niets.' Nochtans was Viktoria Miriams beste vriendin. Ze was op vakantie in Azië en verbleef in een meditatietempel waar communicatie met de buitenwereld verboden was. Opnieuw viel er een stilte. Iedereen was in gedachten bij Robert. Hij had het vast zwaar, daar helemaal alleen op het kerkhof.

Eva ging in haar pauze naar het kerkhof. Ze wilde de bloemen op het graf van haar ouders water geven, maar zag toen Robert bij het open graf staan. Ze aarzelde even, maar raapte toen al haar moed bij elkaar en liep naar hem toe.

'Het spijt me verschrikkelijk', zei ze zacht en oprecht. Hij knikte afgemeten. Ze wilde meteen weer weggaan, maar hij begon te praten.

'Gelooft u in liefde op het eerste gezicht?' Zijn stem klonk schor. 'Bij Miriam en mij was dat namelijk het geval, liefde op het eerste gezicht...' Hij had haar voor het eerst ontmoet in het bos. Ze had hem bijna ondersteboven gereden met haar paard. Toen hij haar uitschold terwijl ze verder reed, had ze zich naar hem omgedraaid. Een vonk was tussen hen overgesprongen. Pas later besefte hij dat ze in een rolstoel zat. En hij wist niet hoe hij met haar handicap moest omgaan. Hij had zelfs een keer tegen Alexander over haar gepraat en haar een 'kreupele' genoemd. Ongelukkig genoeg had Miriam dat gehoord. 'Ik heb me nooit in mijn leven zo geschaamd als toen', zei hij zacht.

'En uiteindelijk vormde de rolstoel toch geen probleem?' vroeg Eva voorzichtig.

'Als je die ene iemand vindt die voor je bestemd is, dan ben je gewoon blij', fluisterde Robert. 'Die rolstoel zag ik al snel niet meer. Liefde overwint alles...' Later kon Miriam ook gewoon weer lopen. 'De dwarslaesie was traumatisch van aard', vertelde hij. 'En Miriam had een ijzersterke wil. Ze trainde elke dag als een bezetene.'

'Samen met u?' vroeg Eva.

'In het begin wel.' Er verscheen een scheve grijns op zijn gezicht. 'Maar twee sterke karakters, dat botst vaak.' Hij kon het niet aanzien dat ze zichzelf zo pijnigde. 'Een andere vriend heeft haar uiteindelijk geholpen.'

'Was ze ook net zo koppig als u?' vroeg Eva en ze keek hem glimlachend aan.

'Ze was de liefste persoon die je je kunt voorstellen', zei Robert ernstig.

'Ik bedoelde het niet slecht.' Hij wuifde haar verontschuldiging weg.

'In elk geval bereikte ze wat ze wilde', vertelde hij voort. 'Ze had de rolstoel niet meer nodig.'

'Het klinkt allemaal heel romantisch', vond ze. 'Het lijkt wel een sprookje. Toen zijn jullie gehuwd en waren jullie het gelukkigste paar van de hele wereld?' Hij schudde zijn hoofd.

'U kent niet veel van sprookjes, geloof ik', merkte hij op. 'U vergeet de boze stiefmoeder, Barbara von Heidenberg. Die feeks die onlangs werd vrijgesproken.' Barbara had Miriam en Robert het leven zuur gemaakt. 'Onze relatie liet haar koud, maar ze wilde absoluut voorkomen dat Miriam zou huwen voor ze vijfentwintig was.'

'Waarom?' vroeg Eva verbaasd.

'Anders moest de boze stiefmoeder haar hele vermogen, namelijk de erfenis van Miriams vader, aan haar stiefdochter afstaan.' Felix huwde Miriam net voor haar vijfentwintigste verjaardag. Ja, inderdaad, de Felix die nu met Emma in Canada woonde. 'Hij was een jeugdvriend van Miriam en de adoptiebroer van Viktoria, de beste vriendin van Miriam.'

Het was voor Eva niet eenvoudig om te volgen. De relaties leken op het Fürstenhof wel heel ingewikkeld te zijn. 'Miriam was vroeger, toen ze nog een kind was, verliefd geweest op Felix', ging Robert voort. 'Toen hij haar hielp de rolstoel aan de kant te kunnen schuiven... Achteraf bekeken was hij een echte goede vriend. Misschien wel de beste die Miriam ooit had. Maar hij was ook verliefd op haar. En dus was hij mijn concurrent.'

'Maar wat ik nog niet begrijp... Miriam hield toch van u.'

Hij knikte.

'U vergeet alweer de boze stiefmoeder', zei hij. Barbara was er bijna in geslaagd hun geluk te verstoren. 'Die vrouw is zo geslepen. Ze gaat over lijken en dat zeg ik niet zomaar.' Hoewel Miriam met Felix huwde, hielden Robert en zij nooit op van elkaar te houden. Toch volgde het happy end niet bepaald snel. 'De boze stiefmoeder verloor waar ze het meeste belang aan hecht, namelijk haar geld. Ze zon dus op wraak. Dodelijke wraak...' Er ging een huivering door hem heen toen hij zich herinnerde wat er op de berg was gebeurd. Hij had Miriam maar net op tijd kunnen redden.

'U bent een held', zei Eva.

'Een tragische held', zei hij verbitterd. 'In sprookjes loopt het goed af. In een tragedie daarentegen... Pijn en leed.' Hij haalde diep adem. 'Ik kan het nog altijd niet geloven', gaf hij dan toe. 'De prachtigste, liefste, betoverendste vrouw ter wereld... is er gewoon niet meer. Als ik vanavond ga slapen, ligt ze niet meer naast me. Als ik morgenochtend ontwaak, ligt ze niet meer naast me. Wat moet ik nu doen? Zonder haar?' Plotseling zag hij er erg hulpeloos en vertwijfeld uit. 'Ik hield meer van Miriam dan van mezelf! Dankzij haar ben ik een beter mens geworden.'

'Ik weet dat wat ik nu zal zeggen, u niet zal troosten', begon Eva voorzichtig. 'Waarschijnlijk zult u het niet eens geloven, maar er komt een dag waarop de pijn afneemt.' Ze wist waarover ze sprak. 'Ik heb ook de liefde van mijn leven verloren. Er gaat geen dag voorbij zonder dat ik aan hem heb gedacht. Maar de pijn verlamt me niet meer. Ze is draaglijker geworden.' Robert reageerde niet, hij staarde opnieuw strak naar Miriams graf. 'Meneer Saalfeld, er zijn zo veel dingen die het waard zijn voor te leven. Denk aan uw dochter, ze heeft u nodig. En ze is toch het resultaat van jullie liefde.' Robert antwoordde niet. Maar eindelijk kwamen de eerste tranen bij hem tevoorschijn, eindelijk kon hij huilen om zijn vrouw.

18

Het rouwgezelschap was al vertrokken toen Charlotte eindelijk met Valentina in het Fürstenhof aankwam. Robert was er nog altijd niet en Werner en zijn ex-vrouw maakten zich grote zorgen om hem. In elk geval ging het wel goed met de baby. Valentina was zo'n verrukkelijke baby dat ze het hart van haar grootouders in een wip had veroverd.

'Het is een wonder dat ze het heeft overleefd', fluisterde Charlotte en ze wierp een blik op het kind. 'Je zult zien dat ze Robert de kracht zal geven die hij nodig heeft.'

'Ik hoop dat je gelijk hebt', zuchtte Werner.

'In haar leeft Miriam voort', zei Charlotte. 'Ik bekijk het op die manier en Robert zal het ook zo bekijken. Dat is toch een troostrijke gedachte in deze droevige periode...'

Toen Eva bij de Sonnbichlers kwam, vertelde ze hun over haar ontmoeting met Robert op het kerkhof. Ze was er nog altijd niet goed van.

'Hij heeft me zowat zijn hele levensverhaal verteld', zei ze met een flauwe glimlach op haar gezicht. 'Toch het deel over zijn liefde voor Miriam.'

'Praten is het beste medicijn', zei Hildegard.

'Ik denk niet dat ik hem heb kunnen troosten', sprak Eva haar tegen. 'Hij is compleet uitgeput.' Toen Markus was gestorven, had zij voortdurend afgesproken met vrienden om over hem te praten. 'Maar het heeft me niet geholpen', herinnerde ze zich nog. 'De pijn die hij nu voelt, kan hij alleen maar zelf wegnemen.'

'Toch is het belangrijk dat hij weet dat we met hem meeleven, dat we geïnteresseerd zijn', zei Alfons hulpeloos en zijn vrouw stemde met hem in.

'Robert Saalfeld had veel langer een relatie met Miriam dan ik met Markus', zei Eva. 'Het zit allemaal veel dieper, vooral na alles wat ze hebben meegemaakt en dan eindelijk samen konden zijn. Als er dan eindelijk een happy end zou volgen, sterft ze. Zomaar.' Niets en niemand kon hem in dit geval helpen.

'Robert! Daar ben je eindelijk!' Charlotte en Werner stonden op het punt naar het kerkhof te vertrekken om hun zoon te zoeken, toen hij de woning in kwam. 'Ik heb het er heel moeilijk mee gehad dat ik vandaag niet bij je kon zijn', zei zijn moeder en ze omhelsde hem liefdevol.

'Het is al goed', antwoordde hij schor.

'Maar ik heb iets prachtigs uit Parijs meegebracht.' Ze trok hem mee naar Valentina's wieg. 'Ze slaapt nu, maar ze is vast ook blij dat ze eindelijk bij haar papa is.' Charlotte nam de baby in haar armen. 'Valentina, je papa is hier', fluisterde ze zacht. Maar haar glimlach bevroor op haar gezicht toen ze merkte dat Robert zijn dochtertje niet eens een blik gunde en zijn armen voor zijn borst kruiste. 'Wat is er? Wil je haar niet in je armen houden?'

'Zonder haar zou Miriam nog leven', siste hij bijna van haat vervuld. 'Ik wil dit kind niet!' Charlotte en Werner keken elkaar ontzet aan.

‘Hoe kun je zoiets zeggen over je eigen kind?’ riep Charlotte ontzet uit. Maar Werner maakte een sussend gebaar in haar richting.

‘Het wordt je allemaal wat te veel’, zei hij. ‘Ik begrijp heel goed dat je je zelfbeheersing even verliest.’ Valentina begon zacht te huilen.

‘Het is al goed’, zei Charlotte gekalmeerd en richtte zich toen nog een keer tot haar zoon. ‘Wil je haar echt niet heel even vasthouden?’

‘Begrijpen jullie dat dan niet?’ riep Robert woedend en vertwijfeld uit. ‘Jullie hebben er geen flauw idee van hoe ik me op dit moment voel!’

‘Jawel, jongen’, sprak zijn vader hem liefdevol tegen. ‘We weten immers hoeveel je van Miriam hield en hoe haar dood je aangrijpt.’

‘Ik wou dat ik je van je pijn kon verlossen’, zei Charlotte liefdevol. Robert slikte.

‘Niemand verwacht van je dat je meteen de draad weer oppakt, dat je je leven voortzet alsof er niets is gebeurd’, ging Werner voort. ‘Maar het leven gaat wel voort en je dochter heeft je nodig.’

‘Kijk eens hoe mooi ze is.’ Charlotte hield Valentina dichter bij Robert.

‘Doe dat kind hier weg!’ Hij had Valentina meteen na de geboorte niet willen zien en hij wilde het nog altijd niet. In een reflex van bescherming drukte Charlotte de baby stevig tegen zich aan.

‘Dat kind is jouw dochter en ze heet Valentina.’ Werner deed zijn best kalm te blijven. ‘Houd alsjeblieft op met iemand te zoeken die je de schuld kunt geven. Want er is niemand die er iets aan kon doen.’

'Dit kind leeft en Miriam is dood!' barstte Robert uit. 'Dood, begrijpen jullie dat? Ik zie haar nooit meer!' Huilend liep hij zijn slaapkamer in.

'Ik heb met veel mogelijkheden rekening gehouden, maar ik had nooit verwacht dat Robert zijn kind zou afstoten.' Charlotte had Valentina weer in haar wieg gelegd en de baby sliep tevreden.

'Hij heeft een zware dag en een zware week achter de rug', antwoordde Werner. 'Hij beseft op dit moment niet eens wat hij allemaal zegt.'

'Ik vond nochtans dat hij heel vastbesloten klonk', wierp ze bezorgd op.

'Onzin!' sprak Werner haar tegen. 'Je weet toch hoe hij is. Hij is nu eenmaal opvliegend. Maar hij kalmeert ook snel.' Toch bleef Charlotte er geen goed oog in hebben. 'Laten we eerst allemaal tot rust komen. Als hij uitgeslapen is, ziet de wereld er vast heel anders uit.'

'Ik vrees dat dat niet het geval zal zijn voor hem.' Het zou lang duren voor hun zoon deze beproeving te boven kwam, vreesde Charlotte. En voor hij niet langer Valentina de schuld gaf van Miriams overlijden.

'Misschien hebben ze wel te snel beslist om een spoedkeizersnede uit te voeren', zei Werner. 'Dat kleintje mankeert niets. Ze is kerngezond. Gelukkig maar.'

'Niemand had kunnen vermoeden dat Miriam zou sterven tijdens de keizersnede.' Maar elke operatie vormde nu eenmaal een risico. 'Heb je al een kindermeisje gevonden?'

'Daarvoor heb ik nog geen tijd gehad.' Charlotte liep nog eenmaal naar de keuken om een flesje voor te bereiden. Werner bleef bij de wieg staan.

'Vanaf morgen zorgt je papa voor je', fluisterde hij tegen de slapende baby. 'Hij zal heel goed voor je zorgen. Daarvan ben ik heel zeker.'

Nadat Maike hem had verteld dat ze niet verliefd op hem was, had Simon haar bijna een week lang gemeden. Het sterfgeval in zijn familie was daarvoor een goede uitvlucht geweest. Maar nu ontmoetten ze elkaar in het restaurant en Maike stelde voor de volgende ochtend samen te ontbijten in het dorp. Hij kon haar aanbod moeilijk weigeren. Ook al verweet Ben hem dat het het domste was wat hij kon doen. Een afspraakje maken met de vrouw op wie je verliefd bent maar die je gevoelens niet beantwoordt, zo kwelde hij zichzelf toch alleen maar?

De volgende ochtend zegde Maike de afspraak echter alsnog af. Ze had een brief gekregen waarin stond dat ze ondanks haar baan bij de vliegtuigbouwer geen verblijfsvergunning zou krijgen om in Duitsland te blijven wonen. Ze wilde even alleen zijn om het nieuws te verwerken.

Charlotte had die nacht amper geslapen. Valentina had haar om de drie uur gewekt. Ze had nooit gedacht dat ze op haar leeftijd nog voor een baby zou moeten zorgen. Maar ja, een baby moest nu eenmaal worden verzorgd.

Werner verplichtte Robert te ontbijten. Robert zag er moe uit. Ook hij had amper geslapen. Hij had steeds weer van Miriam gedroomd. Telkens als hij wakker schrok, had het besef dat ze dood was, hem getroffen als een mokerslag.

'Je kunt meteen je moeder aflossen', zei Werner vriendelijk. Charlotte liep met de baby op haar arm naar Robert toe en probeerde haar gespannenheid te verbergen.

'Ze heeft al een schone luier aan en ze heeft al gegeten.' Ze wilde hem de baby overhandigen, maar hij stak zijn handen afwerend omhoog.

'Ik dacht dat ik gisteravond duidelijk was', bromde hij. Charlotte verstarde.

'Alle begrip, maar zo kan het niet, Robert!' bemoeide Werner zich ermee.

'Ik wil met dit kind niets te maken hebben', herhaalde zijn zoon. 'Willen jullie het op papier?' Werner sloeg met zijn vuist op tafel.

'Houd op met die onzin! Je bent vader geworden, gedraag je er dan ook naar!' Valentina begon te huilen.

'Moet dit nu echt?' siste Charlotte. Werner smeekte Robert redelijk te zijn.

'Zoals jij je nu gedraagt, dat is een Saalfeld onwaardig', vond hij. 'Je hebt een kind op de wereld gezet, nu neem je er ook de verantwoordelijkheid voor. Of wil je haar in de vondelingenschuif achterlaten misschien?'

'Ik wil Miriam terug!' riep Robert en hij rende weg. Werner hapte naar adem. Ook hij wist niet meer wat hij moest zeggen. Charlotte plofte geschokt neer op een stoel en wiegde haar kleindochter heen en weer in haar armen.

Eva keek vreemd op toen ze in de lobby van het hotel plotseling haar broer Jacob zag staan.

'Wat doe jij hier?' vroeg ze verrast en keek hem blij aan. 'Heb je vakantie?'

'Het is een iets ingewikkelder verhaal', antwoordde hij beteuterd. Toen pas merkte ze de grote reistas op.

'Je bedoelt toch niet dat ze je hebben ontslaan...' Hij sloeg zijn blik verlegen neer.

'Ik heb ontslag genomen', bekende hij toen. Hoewel hij absoluut dierenverzorger wilde worden. 'De dieren en het verzorgen was allemaal leuk', vertelde hij. 'Maar de sfeer op het werk...' Een van zijn collega's werd gepest. En Jacob was daarom naar de personeelschef gegaan. Het enige wat hij daarmee had bereikt, was dat de gepeste collega vroegtijdig met pensioen was gestuurd. Jacob was razend geworden en had in een opwelling zijn ontslag gegeven.

'Geweldig.' Eva maakte zich duidelijk zorgen. 'En waarvan zul je nu leven? Waar ga je trouwens wonen?' Haar broer keek haar trouwhartig aan. Ze begreep het. 'Bij mij? Ik weet niet of dat wel kan.'

'Ik denk dat je nieuwe oom en tante heel vriendelijk zijn, is het niet?' zei hij.

'Dat zijn ze inderdaad', bevestigde ze en ze besloot Jacob eerst voor te stellen aan Alfons. De twee mannen hadden elkaar al eens eerder ontmoet. Toen Alfons hoorde dat Jacob een nieuwe baan zocht, liefst iets met dieren, schoot hem te binnen dat het Fürstenhof een nieuwe stalknecht zocht. Hij kon zich daarvoor het beste meteen tot Nils Heinemann wenden, die verantwoordelijk was voor de stallen.

Nils had er niets op tegen de broer van Eva Krendlinger aan te nemen. En zo had het Fürstenhof alweer een nieuwe medewerker.

'Kan ik u heel even spreken, meneer Saalfeld?' Götz zat in het restaurant de krant te lezen en riep Werner bij zich. 'Dat bespaart me een wandeling naar het kantoor.'

'Houd het kort.' Werner nam tegen zijn zin plaats.

'Het zal u verheugen te horen dat ik hier opkraam en mijn aandelen verkoop', begon de advocaat. 'Ik heb nu lang genoeg in dit boerendorp doorgebracht. Contractueel hebt u het voorkooprecht.' Zastrow keek zijn tegenstander neerbuigend aan. 'Het zou fijn zijn als ik me de moeite kan besparen een nieuwe investeerder te zoeken, daarom geef ik u tot morgen de tijd.'

'U weet heel goed dat ik in die korte tijd niet zo veel geld bij elkaar kan brengen', antwoordde Werner geërgerd. 'Bovendien heb ik gisteren mijn schoondochter begraven. Ik heb nu geen zin in geldzaken.'

'Ik ben na de dood van mijn echtgenote ook nog altijd in rouw', beweerde Götz. 'Maar, *the show must go on*. Ik dacht dat u een professional was?'

'Ik heb meer tijd nodig', zei Werner. Een termijn van vierentwintig uur was ronduit belachelijk.

'Niet voor een goed zakenman', bracht Götz ertegenin. 'Voor zo'n man mag een krediet van de bank geen probleem zijn. Als u niet wilt dat ik aan iemand anders verkoop, kunt u maar beter uw best doen.'

'Hoe durft die rechtsverkrachter te twijfelen aan mijn professionaliteit?' zei Werner even later tegen zijn broer.

'Waarover maak je je zo druk?' reageerde André. 'Wees blij dat je eindelijk van hem verlost zult zijn.'

'Wie weet wie zijn plaats inneemt.' Werner vreesde van de regen in de drup te komen. 'Ik heb niet genoeg geld om zijn aandelen te kopen.' En het had geen zin daarover met de bank te praten.

'Je zou denken dat hij genoegen zou nemen met die vrijspraak...' Ook André walgde nog altijd als hij daaraan terugdacht. 'Dat hij een moordenares de vrijheid geeft...'

'Ik zou hem graag van de troon stoten', zei Werner.

'Ik wil je daarbij helpen', zei zijn broer meteen. 'De vraag is alleen hoe we dat zullen doen.'

'We zouden moeten bewijzen dat hij alleen maar doet alsof hij aan kanker lijdt', zei Werner hardop denkend.

'Is Zastrow niet ziek dan?' vroeg André verbaasd. Werner schudde zijn hoofd. Hij had het al lang vermoed.

'En het blijkt inderdaad zo te zijn. Sandra heeft het me verteld.'

'Wat een sluwe vos.' André floot tussen zijn tanden. 'Hij doet alsof hij stervende is en sleept op die manier een vermogen in de wacht.'

'Als dat openbaar wordt gemaakt, staan hem onaangename tijden te wachten', zei Werner. 'Misschien kost het wel zijn baan als advocaat? En als we geluk hebben, verliest hij daardoor ook de aandelen. We hebben alleen bewijzen nodig. Misschien moet jij eens een onderzoekje instellen?' André begon te grijnzen. Hij had al een idee.

Eva en Tanja wandelden tijdens hun pauze samen door het park en praatten over Robert en zijn dochter.

'Heb je de baby al gezien?' vroeg Eva.

'Nee, nog niet.' Tanja had niet opdringerig willen zijn. 'Ze is er nog maar sinds gisteren.' Plotseling kwam Robert eraan gelopen. Hij zag er ellendig uit. 'Robert, wacht even!' riep Tanja en liep bezorgd naar hem toe. 'Heb je een beetje kunnen slapen?'

'Niet veel', antwoordde hij vermoeid.

'Je hebt in elk geval je dochter nog', probeerde ze hem moed in te spreken. 'Aan haar kun je je vast optrekken.' Ze merkte niet op dat zijn gezicht verduisterde. 'Het is natuurlijk heel vermoeiend in het begin', ging Tanja voort. 'Fabien maakte me om de paar uur wakker omdat hij honger had. Hoe vaak is Valentina wakker geworden vannacht? Of heb je een kindermeisje dat zich om haar bekommert?' Eva was ondertussen bij hen komen staan.

'Als u eens een oppas nodig hebt, mag u het mij altijd vragen', bood ze aan.

'Dat kind, dat kind, het gaat hier alleen maar over dat kind!' barstte Robert uit. 'Ik wil het niet meer horen! Is er nog iemand die aan Miriam denkt of zijn jullie haar allemaal al vergeten?!'

'Robert, ik begrijp dat je wanhopig bent...' Hij liet Tanja niet eens uitpraten.

'Je begrijpt helemaal niets!' onderbrak hij haar. 'En kom nu niet af met "Het leven gaat voort". Want dat kan me niets schelen!' Hij liep woedend weg en Eva en Tanja keken elkaar bedremmeld aan.

Eva begreep Robert wel, dacht ze toen ze even later weer aan het werk ging. Voor hem alleen bleef de wereld stilstaan. De anderen om hem heen leefden gewoon voort, alsof er niets was gebeurd. Als dan iemand zei dat het leven voortging, kon je die wel wurgen. Maar ooit zou hij weer grip op zijn leven krijgen, dat wist ze. Roberts dochter zou hem daarbij helpen. Helaas kon ze hem dit allemaal niet zeggen, daarvoor kenden ze elkaar niet voldoende goed. In elk geval had hij geklonken alsof hij zijn dochter afstootte. Hopelijk was dat niet het geval. Die kleine Valentina had een vader nodig. En hij had haar ook nodig.

Robert was opnieuw naar het kerkhof gegaan en knielde neer bij Miriams graf.

'Help me', smeekte hij. 'Ik weet dat het ons kind is, dat je zou willen dat ik van haar houd. Maar ik kan het niet.' Hij snikte. 'Ik mis je zo. Ik zou je zo graag weer eens horen, zo graag je nog eens aanraken... Ik kan niet verder zonder jou.' Hij barstte in huilen uit.

Die namiddag slaagde Simon er toch in Maike uit haar hotelkamer te lokken. Ze maakten een wandeling bij de paardenweide.

'Ik wou dat ik je kon helpen', zei hij oprecht.

'Het is voorbij', zuchtte ze. 'Definitief. Bye bye, Duitsland.'

'En hoe rechtvaardigt de vreemdelingendienst de beslissing?' drong hij aan. 'Je hebt toch een baan?'

'Ja, maar als er ook een Duitse kandidaat voor de baan is...' Ze haalde haar schouders op. 'Ik ben geen Duitse en ik kom niet uit een EU-land. Dan krijgen de andere kandidaten sowieso voorrang.' Alleen als ze een hooggekwalificeerde expert was, met een jaarlijks inkomen van meer dan tachtigduizend euro, maakte ze kans op een werkvergunning. 'Helaas zit er nu niets anders op dan mijn koffers te pakken.'

'Wat denk je van een afscheidsavond op café?' stelde Simon voor. 'Dat is beter dan gefrustreerd op je hotelkamer te zitten.' Ze knikte en er verscheen weer een vrolijke lach op haar gezicht.

'Oké, waarom ook niet?' Hij keek er al naar uit, maar zijn vreugde nam al snel af toen ze hem vroeg Ben mee te brengen.

'Hoe meer zielen hoe meer vreugd, toch?'

Hij glimlachte gekweld.

'Ja, natuurlijk, heel graag.' Ze liepen voorbij de stal, waar Jacob Krendlinger net naar buiten kwam in zijn onderhemd.

'Sexy...' zei Maike tegen Simon. 'Misschien moeten we hem ook vragen?' Natuurlijk vond Simon dat geen goed idee.

Die avond zaten Maike, Simon en Ben in de Alte Wirt.

'Op ons en op een avond die na een dag als deze alleen maar beter kan worden', proostte ze. Ook Ben stak zijn glas in de lucht. 'Waarom drink jij niets?' vroeg ze Simon.

'Zijn levenslust is verdwenen sinds hij weet dat je ons zult verlaten', zei Ben en hij kon een grijns niet onderdrukken.

'Praat toch niet zo'n onzin!' Zenuwachtig nam Simon een slok van zijn bier.

'Zul je me niet missen dan?' plaagde Maike hem. 'Spijtig.'

'Natuurlijk zal ik je missen', probeerde hij ontspannen te antwoorden en hij deed zijn best zijn gevoelens de kop in te drukken. 'Het is nu eenmaal bijzonder te kunnen zeggen dat je een vliegtuigingenieur in je vriendenkring hebt.'

'Ik dacht we het ook zonder dat feit goed met elkaar konden vinden', merkte ze uitdagend op.

'O, kijk eens wie daar is?' Maike en Simon volgden Bens blik. Eva en Jacob Krendlinger kwamen het café binnen.

'De sexy staljongen', giechelde Maike. 'Zonder dat ik hem heb uitgenodigd. Het wordt nog mijn geluksdag.' Ben gebaarde al naar de twee dat ze bij hen mochten komen zitten. En Simon kromp nog meer in elkaar. De avond was voor hem verknald.

19

'O, wat is ze mooi. En zulke petieterige handjes...' Tanja bracht Valentina een bezoekje en boog zich over de wieg.

'Wil je haar even vasthouden?' vroeg Charlotte. Tanja knikte stralend.

'Ze is zo zacht', zei ze genietend. 'Ik was vergeten hoe het voelt. Zo'n lief, klein, onschuldig wezentje.'

'Ik wou dat Robert er zo over dacht', zuchtte Charlotte.

'Dat komt vast nog wel.' Tanja probeerde bewust optimistisch te klinken. 'Het is allemaal nog maar net gebeurd, het doet nog zo veel pijn.' De tranen sprongen Charlotte in de ogen. 'Het doet u ook veel pijn, toch?'

'Ik vind het vooral erg dat hij zo afziet', fluisterde Roberts moeder.

'Hij zal van dit meisje gaan houden', herhaalde Tanja nog een keer en keek opnieuw bewonderend naar Valentina. 'Alleen al omwille van haar mama. Hij kan het haar niet aandoen dat hij Valentina niet graag ziet.'

'Zo denken wij er ook over.' Werner was ondertussen bij hen komen staan en legde zijn arm om zijn ex-vrouw. 'We moeten hem tijd geven, we mogen hem tot niets dwingen.' Charlotte en hij zouden de eerstkomende tijd voor de baby zorgen. 'We hebben zelf ook twee kinderen opgevoed, zoiets verleer je niet.'

'Wij?' herhaalde Charlotte verbaasd. 'Jij bent nooit opgestaan, jij hebt nooit een luier vervangen en jij hebt nog nooit voor een oppas gezorgd, toen niet en nu blijkbaar ook niet.' Beschaamd keek Werner de andere kant op.

Het gezelschap in de Alte Wirt had er al vele rondjes op zitten. Niemand leek te merken dat Simon steeds stiller werd. Iedereen, behalve hij, amuseerde zich geweldig en Maike flirtte volop met Jacob Krendlinger.

'Ik heb het er steeds moeilijker mee hier weg te gaan', stelde ze tipsy vast. 'Ik zou jullie het liefst van al allemaal meenemen.'

'Naar Afrika?' vroeg Jacob. 'Waarom ook niet?'

'Zou jij je baan voor mij opgeven?' vroeg ze flirtend.

'Als jij me een andere baan bezorgt', grijnsde hij. 'Voor een baantje in een safaripark laat ik alles met veel plezier achter.'

'Ik zal er eens over nadenken', zei ze.

'Als zij hier geen werkvergunning krijgt, zul jij er daar ook geen krijgen', mengde Simon zich bars in het gesprek en hij keek Jacob woedend aan.

'Tenzij ik met hem huw', zei Maike grappend.

'Dat kun je ook hier doen', zei Eva. 'Om hier te kunnen blijven, bedoel ik. Je hoeft alleen maar een Duitse man aan de haak te slaan en met hem te huwen.'

'Inderdaad.' Maike barstte in lachen uit. 'Dat ik dat niet eerder heb bedacht...'

Midden in de nacht begon Valentina luid te huilen en Charlotte slaagde er niet in haar te kalmeren. Ze wist zo langzamerhand niet meer wat ze moest doen. Werner kwam de slaapkamer ook al uit.

'Lang geleden dat babygehuil mij uit mijn slaap heeft gehouden', zei hij gapend. 'Bij Robert en Alexander hielp het altijd een liedje te zingen.'

'Ik weet niet wat ze heeft.' Charlotte was van streek.

'Zal ik?' Ze stak hem de baby dankbaar toe.

'Waarom wordt Robert niet wakker van al dat gehuil?' vroeg ze.

'Omdat hij er niet is', antwoordde Werner. Hij vermoedde dat zijn zoon in een of ander café zat. 'Maak je geen zorgen.' Hij zong een slaapliedje voor zijn kleindochter en inderdaad, het werkte. Na een tijdje viel Valentina in slaap. 'Nou, wat zeg je me daarvan?' Hij stond verbaasd van zichzelf.

'Mooi.' Charlotte glimlachte. 'Heel mooi. Dat mag je zelfs vaker doen.'

'Het is zo'n klein meisje en ze is zo mooi...' De volgende ochtend kon Tanja niet ophouden over Valentina. 'Ze lijkt nu al op Miriam. En zoals ze naar me keek toen ik haar in mijn armen had... Ik zou zo opnieuw een baby willen.'

'Je weet dat ik het er meteen mee eens ben', zei Nils en hij wierp zijn vrouw een liefdevolle blik toe.

'Eerst mijn proefperiode', zei Tanja smekend. Ze wilde haar baan als hoofd van de huishouding helemaal onder de knie hebben voor ze weer aan kinderen begon. 'Maar onze baby komt nog, ik wil het immers ook.'

Op weg naar het Fürstenhof liepen Simon en Jacob elkaar tegen het lijf.

'Wanneer ben jij naar huis gegaan?' vroeg Eva's broer.

'Net voor sluitingstijd.' Ben en Simon waren de laatste klanten in de Alte Wirt geweest.

'Je ziet er nog fris uit.' Simon haalde zijn schouders op. Hij had niet zo veel gedronken als de anderen. 'Wie heeft Maike naar huis gebracht?' vroeg Jacob.

'Een taxi', antwoordde Simon kortaf.

'Leuke vrouw.' Simon fronste zijn wenkbrauwen.

'Vind je?'

'Vind jij dat niet dan?' vroeg Jacob. Simon mompelde iets onverstaanbaars. 'Je moet toch toegeven dat ze heel aantrekkelijk is?'

'Er zijn zo veel aantrekkelijke gasten. Dat word je nog wel gewoon.' Hij wilde absoluut van onderwerp veranderen. 'Hoe bevalt je nieuwe baan je?'

'Ik moet ergens van leven', zuchtte Eva's broer. Hij wilde niet de rest van zijn leven stalknecht blijven. Maar hij begon opnieuw over Maike te praten. 'Weet je wat me nog het meest aan die vrouw bevalt? Dat ze niet uit de hoogte doet, dat ze zo natuurlijk is. Ik heb me rijke mensen altijd heel anders voorgesteld.'

'Haar vader heeft geld', antwoordde Simon. 'Zij niet.'

'Zou ze een vriend hebben?' ging Jacob voort en hij werkte Simon steeds meer op de zenuwen.

'Ben je iets van plan misschien?' bromde hij.

'Ik?' Jacob lachte luid. 'Zij! Heb je niet gezien hoe ze me gisteren probeerde te versieren?'

Simon had het maar al te goed gemerkt dat Maike Jacob probeerde te versieren. Maar Simon dacht vooral aan iets anders. Dat schijnhuwelijk waarover ze het gisteravond hadden gehad. Ben was meteen laaiend enthousiast toen Simon erover begon.

'Dat is je kans om die vrouw aan de haak te slaan', zei hij.

'Een schijnhuwelijk is strafbaar', wierp Simon op.

'Wie heeft het over een schijnhuwelijk?' zei Ben. 'Je houdt toch van haar?'

'Maar zij houdt niet van mij', antwoordde zijn huisgenoot verbitterd.

'In het begin misschien niet', zei Ben luchtig. 'Dat is net het geniale aan het idee. Hoe meer tijd jullie samen zullen doorbrengen, hoe verliefder ze op je zal worden.'

'Denk je echt dat ze van me zal leren houden als ik met haar huw?' Ben knikte ijverig. Hij had al ontelbare films gezien waarin dat gebeurde. Waarom zou het dan bij Simon en Maike niet zo lopen?

Die voormiddag was Robert nog altijd niet naar huis gekomen. Werner besloot op zoek te gaan naar hem en hij trof hem aan op het kerkhof. Robert lag in elkaar gerold op een bank vlak bij Miriams graf te slapen. Werner maakte hem voorzichtig wakker.

'Hoe kan ik je in hemelsnaam helpen, jongen?' vroeg hij zacht. 'Wat kan ik voor je doen?' Robert reageerde niet. 'Het doet me vreselijk veel pijn je zo te zien lijden. Ik wou dat ik de pijn van je kon wegnemen. Of je op een of andere manier kon helpen de pijn te verzachten.' Zijn zoon zweeg nog altijd en staarde naar het sobere houten kruis waarop Miriams naam stond. 'Je staat er niet alleen voor', drukte Werner hem op het hart. 'Je moeder en ik zijn er voor je. We willen je helpen. Te allen tijde.' Tranen sprongen Robert in de ogen en zijn vader greep zijn hand. 'Het zal een tijdje duren voor je je leven weer in de hand hebt. Maar op een dag gebeurt dat. Dat weet ik heel zeker. Pak het langzaam aan. Stap voor stap. En neem alle tijd die je daarvoor nodig hebt.'

'Het doet zo verdomd veel pijn.' Robert snikte. Werner nam zijn huilende zoon in zijn armen.

André had de opdracht van zijn broer om op zoek te gaan naar bewijzen tegen Götz Zastrow heel ernstig genomen en stond nu in Götz' hotelkamer. Hij doorzocht haastig de documenten die in de kamer verspreid lagen. Hij ontdekte een brief van de ziekteverzekering met daarin een verwijsbriefje van een arts.

'Oncologie', las hij hardop. 'Vermoeden van levercarcinoom.' Het verwijsbriefje was ondertekend door ene dr. Gebhard Weißmann uit Bad Tissenberg. Een arts, gespecialiseerd in de interne geneeskunde. André noteerde de naam en het adres. Plotseling hoorde hij een geluid en hij draaide zich geschrokken om. Götz Zastrow was ongemerkt de kamer in gekomen.

'Wat doet u hier?' vroeg hij de chef-kok boos. André koos ervoor open kaart te spelen en zei dat hij bewijzen zocht dat Götz niet echt aan kanker leed. En dat hij iets had gevonden.

'Ik weet nu in elk geval al met welke arts u onder één hoedje speelt', zei de chef-kok triomfantelijk. Hij zou die dr. Weißmann wel zover krijgen dat hij toegaf dat Zastrow niet ziek was. 'Dat was alleen maar een brutale leugen, zodat Cosima medelijden met u zou hebben en u haar erfenis kon inpikken. En die zult u snel weer kwijt zijn als bekend wordt dat het testament werd opgesteld na bedrog van u.'

'Interessante theorie!' zei Götz spottend.

'Als de pers daarover iets verneemt...' zei André dreigend. 'Dat kan u weleens in een lastig parket brengen, advocaatje. Wie wil zich laten verdedigen door een gewetenloze, achterbakse advocaat? Dat kan u uw baan kosten!'

'Maak uzelf toch niet belachelijk', antwoordde Götz grijnzend. 'Niemand zal mij als advocaat schorsen, zeker niet omdat ik eens één keer gelogen heb in mijn privéleven.' Hij rukte de documenten uit Andrés hand. 'U daarentegen staat er veel slechter voor. U hebt nog een voorwaardelijke gevangenisstraf uitstaan. Als ik nu de politie erbij haal... Dan vliegt u de gevangenis in. Inbraak, diefstal, poging tot afpersing... Dat is heel wat.' Dit dreigement deed André toch even slikken. 'Geen paniek, mijn lieve man', ging Zastrow minzaam voort. 'Ik laat u hier ongehinderd naar buiten wandelen. En belt u mijn arts maar. Dr. Weißmann is uiteraard gebonden aan zijn beroepsgeheim.'

'Dat kan ik laten opheffen', bromde de chef-kok.

'Mijn arts zal onder ede verklaren dat ik aan kanker lijd', zei Götz.

'U hebt hem daarvoor vast vorstelijk vergoed.' André merkte dat hij verloren had.

'Daarover hoeft u zich het hoofd niet te breken. Wat wilt u nog van me? Ik ben hier binnenkort toch weg. Verspil uw energie toch niet aan mij!' Toen wees hij André de deur. Hij verdween met gebogen hoofd. Deze ronde had Götz Zastrow gewonnen, zoveel was duidelijk.

Maike zat in het restaurant op Simon te wachten, ze wilde hem iets vertellen. Ook hij had haar iets te zeggen, maar hij liet haar eerst aan het woord.

'Je kunt nooit geloven wat er net is gebeurd', begon ze enthousiast. 'Ik ben zo gelukkig! Luister goed, ik kan in Duitsland blijven. Jacob wil met me trouwen!' Verbijsterd staarde Simon haar aan. Ook hij had haar willen aanbieden te huwen. Maar hij was duidelijk te laat. En Maike was zo opgewonden dat ze niet eens merkte hoe verbaasd hij was. 'Ik kan in Duitsland blijven en de baan aannemen. Dat is toch geweldig?'

'Dat is...' Hij schraapte zijn keel. 'Dat is echt heel fijn voor je. Ik bedoel... Wie had dat ooit kunnen denken?'

'We hebben het er gisteravond toch over gehad?' vertelde ze opgewonden. 'Jacob heeft erover nagedacht en hij bood me deze deal aan.'

'Een deal?' herhaalde Simon geërgerd.

'Ja, hij heeft nog schulden bij Eva', legde ze uit. 'Duizend vijfhonderd euro. Ze heeft hem dat bedrag geleend toen hij naar Hamburg was vertrokken om zijn opleiding te volgen.'

'En nu verlangt hij van jou dat jij dat betaalt in ruil voor een huwelijk?' Ze knikte ijverig. Eva had het ook niet breed. 'Je huwt dus met een man omdat hij duizend vijfhonderd euro nodig heeft?'

'Nou ja...' Ze haalde haar schouders op. 'Ik had het me ook romantischer voorgesteld, mijn huwelijksaanzoek, maar het leven is nu eenmaal geen sprookje. En in elk geval zijn daarmee al mijn problemen van de baan. Dat is toch het belangrijkste?'

Zodra Simon vrij was, zocht hij Jacob op in de stallen. Die grijnsde alleen maar toen hij hoorde dat Maike de sommelier al op de hoogte had gebracht van hun huwelijksplannen.

'Ben je jaloers?' Simon deed of hij boos was en lachte.

'Op een schijnhuwelijk?' reageerde hij. 'Ik zou zo'n risico nooit nemen.'

'Er kan toch niets misgaan', zei Jacob met een wegwuivend gebaar. 'Het is gewoon een win-winsituatie voor ons allebei. Maike kan op die manier in Duitsland blijven en ik ben van mijn schulden verlost. En wie weet groeit er nog wel iets moois tussen ons. Dat gebeurt wel meer, dat er uit sympathie liefde groeit.' Simon werd geplaagd door jaloezie.

'Toch zou ik, hoewel ik Maike heel graag mag, nooit iets strafbaars voor haar doen.' Met dat argument kon hij Jacob echter niet overtuigen. Wat kon er gebeuren? 'Onderschat het niet', drong Simon aan. 'Een schijnhuwelijk is een ernstige misdaad. Stel dat haar iets overkomt? Stel dat ze plotseling in een rolstoel belandt of zo. Zul jij dan voor haar zorgen? De rest van je leven?' Daarover had Jacob natuurlijk nog niet nagedacht. 'Of stel dat je plotseling de liefde van je leven tegen het lijf loopt! Zeg je dan tegen de vrouw van je dromen: sorry, liefje, ik ben al gehuwd?'

'We zijn toch alleen op papier met elkaar gehuwd?' bracht Jacob ertegenin. 'Ik zou haar natuurlijk de waarheid zeggen. Als die vrouw echt van me houdt, begrijpt ze het wel. Ik zie dus geen problemen.' En na twee jaar zouden Jacob en Maike sowieso scheiden. Simon had zijn kans verkeken.

Ben probeerde zijn vriend te troosten. Hij somde alle mogelijke problemen op die bij een schijnhuwelijk konden opduiken.

'De hele papierwinkel, die een schijnhuwelijk met zich meebrengt... Er komt heel wat bij kijken.' En ze konden elk moment worden gecontroleerd. 'Ze sturen dan iemand naar je huis en die controleert of het niet alleen om een huwelijk op papier gaat. Je moet kunnen aantonen dat je echt samenleeft. En je moet het een en ander over je partner weten... Je moet je daarop goed voorbereiden, anders wordt je bruid het land uitgezet en mag ze nooit meer een voet in Duitsland zetten.'

'Wacht eens even!' Simon ergerde zich steeds meer. 'Vorige keer heb jij me een schijnhuwelijk met Maike aangepraat alsof het de ultieme oplossing was. En nu vertel je me dat het alleen maar problemen veroorzaakt?'

'Vorige keer moest ik een manier verzinnen om mijn beste vriend de vrouw van zijn leven aan de haak te kunnen laten slaan, indruk op haar te maken en haar van zijn troeven te overtuigen', zei Ben onverstoord. 'Maar die stalknecht begint, in tegenstelling tot jou, niet uit liefde aan dat schijnhuwelijk. Maike betekent niets voor hem. Hij laat zich er zelfs voor betalen en dan nog een belachelijk bedrag. Duizend vijfhonderd euro!'

'Ik vind het sowieso ongelooflijk dat hij daarvoor geld vraagt!' zei Simon boos.

'Ik vind het ongelooflijk dat hij er niet meer voor vraagt', bracht Ben ertegenin. 'Je kunt voor een schijnhuwelijk gemakkelijk tien- tot vijftienduizend euro vragen.' Die woorden zetten Simon aan het denken.

20

Eva maakte net voor het einde van haar shift nog de glazen in de bar schoon. Robert zat aan de bar en staarde bedroefd naar zijn glas rode wijn.

'U ziet er moe uit', sprak ze hem vriendelijk aan.

'Dat ben ik ook', antwoordde hij afwezig.

'Waarom gaat u dan niet slapen?' vroeg ze.

'Omdat ik niet kan slapen', bromde hij.

'Huilt uw dochter veel 's nachts?' Hij maakte een afwijzend gebaar.

'Ach, dat kind. Mijn ouders houden zich met haar bezig.' Ze merkte dat hij geen zin had met haar te praten, maar ze probeerde het nog eens. Iemand moest zich toch om deze jongeman bekommeren!

'U bent bang voor de gedachten en herinneringen aan uw vrouw', begon ze voorzichtig. 'Vooral 's nachts hebt u het lastig, is dat niet zo?' Hij nipte zwijgend van zijn glas. 'Ik heb vanavond vrijaf, als u iemand nodig hebt om te praten... Ik heb geen plannen vanavond.' Hij wierp haar een bijna neerbuigende blik toe. Dacht ze nu echt dat zij hem kon helpen, omdat hij haar op het kerkhof over Miriam had verteld? Niemand kon hem helpen. Hij wenkte de barman dichterbij en bestelde nog een glas wijn. 'U bezatten is geen oplossing', zei Eva zacht.

‘O, is dat zo?!’ barstte hij uit. ‘Als u het allemaal zo goed weet, weet u wellicht ook hoe ik Miriam weer tot leven kan wekken. Zeg het me dan! Kom op!’

‘Ik bedoelde het goed’, zuchtte ze. Ze bedoelde het echt goed, maar Robert stond er niet voor open, hij had nog te veel pijn.

‘Natuurlijk!’ zei hij spottend. ‘Iedereen meent het goed en iedereen weet het allemaal beter! Beseft u wel hoe ik daarvan walg?! Niemand heeft er enig besef van!’

‘Ik kan maar beter gaan.’ Robert hield haar niet tegen. Hoofdschuddend liep ze het restaurant uit.

Zijn dochter kon hem zeker kracht gegeven, dacht ze terwijl ze zich in de personeelskamer omkleedde. Het meisje kon hem troost bieden. Maar Robert Saalfeld sloot zich op dit moment voor alles en iedereen af. Hij ketste alles af. Hoelang zou het duren voor hij deze noodlottige tegenslag te boven kwam? Zoals hij daar zat, diep verzonken in zijn duistere gedachten... Hij mocht nu niet alleen zijn. Iemand moest op hem passen. Ze nam een besluit en ging op weg naar de woning van de Saalfelds.

De woonkamer van de Saalfelds leek wel een slagveld. Er stonden een luiertas en flesjes verspreid in de kamer, hier lag een dekentje, daar lag een speeltje.

‘Weet jij nog hoelang het geleden is dat het er hier zo heeft uitgezien?’ vroeg Charlotte met een vermoeid lachje.

‘Heel lang geleden’, antwoordde Werner en hij lachte even. ‘Zo’n minimensje brengt veel leven in de brouwerij.’

‘Ik dacht dat we dit hoofdstuk nu wel afgesloten hadden.’ Ze keek zuchtend om zich heen naar de rommel.

'Wie je het zegt! Ik vind het geweldig om als grootvader af en toe m'n kleinkind vast te houden, maar dit...' Werner zag het eerlijk gezegd niet zitten nog een keer vader te spelen. 'Ik denk trouwens dat ons lieve meisje weer een volle luier heeft', zei hij met een blik op Valentina.

'Geef haar dan een schone luier.' Hij keek zijn ex-vrouw trouwhartig aan. Zij was daarin toch veel handiger dan hij. 'Ik kon al wel raden dat je je handen niet vuil wilde maken', stelde ze plagend vast. 'Net zoals vroeger. Je zult ook nooit veranderen!' Werner negeerde het verwijt en schonk zich iets te drinken in.

'Door alle commotie zou ik het bijna vergeten: Götz Zastrow heeft me een aanbod gedaan.'

Charlotte fronste het voorhoofd.

'Wat voor aanbod?'

'Hij wil zijn aandelen van het Fürstenhof verkopen', antwoordde hij. 'Helaas heb ik geen geld.'

'En de bank wil ons vast geen krediet meer verlenen', vulde ze aan. 'Maar alleen al het feit dat die kerel verdwijnt...' Ze had er heel wat voor over om Götz Zastrow nooit meer te hoeven zien.

'Ja, dat zou geweldig zijn', vond ook Werner. 'Alleen, als wij zijn aandelen niet kopen... Wie weet wie het dan doet?' Ze werden onderbroken door geklop op de deur. Eva Krendlinger stak haar hoofd binnen en verontschuldigde zich ervoor dat ze zo laat nog stoorde.

'Ik moet jullie dringend spreken', zei ze toen. 'Het gaat om jullie zoon. Hij zit helemaal alleen aan de bar, bezat zich en zit verzonken in duistere gedachten. Hij wilde niet met me praten. Maar ik denk dat het beter is dat hij niet alleen blijft.' Werner stond meteen op.

'Bedankt, juffrouw Krendlinger', zei hij. 'Ik zorg wel voor hem.' Eva wenste hen opgelucht een fijne nacht.

'Kijk, nog iemand die zich zorgen maakt!' Robert keek geërgerd op toen zijn vader naast hem aan de bar plaatsnam. 'Begrijpen jullie het niet? Ik heb geen oppas nodig! Ik ben oud genoeg om voor mezelf te zorgen.' Werner negeerde hem en stond op om achter de bar een fles whisky te nemen. Hij zette ze voor Robert op de bar.

'Die drinken wij samen leeg', deelde hij vastbesloten mee.

'Laat maar,' zei Robert afwerend, 'ik heb al genoeg gedronken.'

'Als je probeert je pijn te verdrinken, doe het dan op zijn minst grondig!' Werner schonk twee glazen vol. 'Ik ben in feite al te oud voor zulke uitspattingen,' stelde hij vast, 'maar goed, ongewone omstandigheden vragen om ongewone maatregelen. Schol!' Hij stak zijn glas omhoog. Robert staarde hem aan. Hij leek nog altijd verrast, maar ook ontroerd. Toen nam ook hij een glas en samen goten ze de inhoud in één teug naar binnen. 'Niet slecht', kuchte Werner en hij schonk de glazen nog een keer vol.

De volgende ochtend had Robert een vreselijke kater. André bereidde als bezorgde oom een stevig ontbijt voor hem, met haring en roerei.

'Het spijt me, ik heb geen honger', bromde Robert alleen maar toen hij al dat eten zag. Hij was misselijk.

'Ik begrijp waarom je diep in het glas hebt gekeken', zei André. 'Jullie hebben elkaar hier in het Fürstenhof leren kennen, jij en Miriam. Alles hier herinnert je aan haar, aan de tijd die jullie hier samen doorbrachten. Ik zou het niet kunnen verdragen.' Hij hield zijn neef gespannen in de gaten, maar Robert dronk alleen maar met een pijnlijk gezicht van zijn koffie. 'Ik zou heel goed begrijpen dat je afstand moet nemen', begon André opnieuw. 'Misschien moet je opnieuw beginnen...' Het drong tot Robert door waarop de chef-kok zinspeelde.

'Bedankt voor je o zo oprechte medeleven', snauwde hij. 'Maar wees niet bang. Jij blijft hier heer en meester in de keuken. Ik ben wel de laatste die je plaats hier wil innemen.'

'Daarom gaat het me toch helemaal niet', zei André huichelachtig. Natuurlijk maakte hij zich daarover net wel zorgen. Maar Robert had hem een beetje gerustgesteld.

Ook Werner leed nog onder de naweeën van zijn uitspatting van de vorige avond.

'Je op onze leeftijd nog zo bezatten, dat wreekt zich uiteraard', stelde André vast toen hij zijn broer in het restaurant aantrof, waar hij de ene espresso na de andere bestelde.

'Het was een noodgeval', verdedigde Werner zich.

'Ik hoop dat je hulp iets heeft uitgehaald', antwoordde André. Zijn broer mompelde iets onverstaanbaars. 'Misschien kan ik je een beetje opmonteren', ging de chef-kok voort. Hij had Werner namelijk nog niet op de hoogte gebracht van zijn onderzoek in Götz Zastrows hotelkamer. 'Ik weet wie de arts is die de kanker heeft vastgesteld.'

'Heel goed', zei Werner. 'En wat doen we nu?'

'Niets, vrees ik', zei André schuchter. 'Waarschijnlijk zouden we er alleen onze tanden op breken.' Werner keek hem fronsend aan. 'Zastrow heeft me gisteren betrapt en hij heeft me duidelijk gemaakt dat die kwakzalver zal verklaren dat hij de juiste diagnose heeft gesteld.'

‘Proficiat!’ snauwde Werner. Net op dat moment liep Götz Zastrow hun tafeltje voorbij.

‘Goedemorgen, heren!’ begroette hij de twee overdreven vriendelijk. ‘Zo samenzweerderig? Toch weer geen opstand tegen mij aan het uitdokteren?’

‘Zo belangrijk bent u niet’, merkte Werner minachtend op.

‘Waarom bent u toch zo boos?’ vroeg de advocaat spottend. ‘Laten we een glas champagne drinken, op mijn arts! Hij heeft me namelijk genezen. Mijn kankergezwel is weg, helemaal verdwenen.’ De broers keken hem verbijsterd aan. Waar haalde die kerel de brutaliteit vandaan?

‘Voor wie houdt u ons eigenlijk?’ viel Werner tegen hem uit.

‘Zijn geneesmiddelen hebben een wonder verricht!’ beweerde Götz onverstoord en bestelde goedgehumeurd een glas champagne. Werner en André bedankten voor zijn aanbod met hem mee te proosten.

‘Ben je helemaal gek geworden?!’ Eva had net vernomen dat haar broer van plan was een schijnhuwelijk aan te gaan met Maike Steenkamp. ‘Vergeet het!’

‘Doe niet zo bekrompen’, antwoordde Jacob. Bovendien had Maike al enthousiast ja gezegd. ‘Net zoals dat hoort bij een huwelijksaanzoek.’ Hij grijnsde.

‘Onze ouders draaien zich om in hun graf!’ zei Eva verwijtend. ‘Een wildvreemde vrouw huwen om duizend vijfhonderd euro te verdienen!’

‘Wees toch blij!’ Hij dacht er niet aan zijn goede humeur te laten verpesten door haar bezwaren. ‘Jij krijgt je geld terug. En Maike is ondertussen geen vreemde meer voor me.’ Sinds gisteren spraken ze elkaar al met ‘je’ aan.

'Mijn god, Jacob! Die onzin is wel strafbaar!' Waarom begreep hij dat niet? 'Ik hoef mijn geld niet in dat geval.'

'Ook al gaat het om een schijnhuwelijk, Maike en ik hebben al meer gemeen dan veel echtparen.' Jacob keek haar schalks aan. 'We houden allebei van dieren. En we kunnen over alles met elkaar praten.'

'Ja hoor en dat weet je natuurlijk omdat jullie al zo vaak met elkaar hebben gepraat', antwoordde ze nerveus. 'Je lijkt het allemaal best grappig te vinden. Jij bent niet goed wijs. Of voel je echt wat voor Maike?'

'Ach ja, ze ziet er goed uit, ze is best sexy...' Dat was niet wat Eva bedoelde. 'We huwen niet uit liefde, maar uit... Je weet toch niet wat Maike voor me voelt?'

'Dat is duidelijk, ze wil hier blijven en ze wil die baan als vliegtuigbouwer.' Dat begreep Eva wel.

'En dat kan niet zonder verblijfsvergunning', vulde hij aan.

'Zo staat het nu eenmaal in de wet', stelde zijn zus vast.

'Het wordt hoog tijd dat we iets ondernemen tegen die onzin', vond hij. 'Waarom kan niet iedereen wonen waar hij wil? Wie dat bedacht heeft, is toch gek? Wat wij nu doen... Het is gewoon zelfverdediging.'

'Je huwt Maike dus omdat je het niet eens bent met de bekrompen politici?' vroeg Eva en ze trok veelzeggend haar wenkbrauwen op.

'Zusje toch, ontspan', zei hij. 'Na twee jaar gaan we toch scheiden. Dat stelt tegenwoordig niets meer voor.' Ze bleef ervan overtuigd dat dit het stomste idee was dat haar broer ooit had gehad.

Simon had een plan gesmeed. Hij wilde Jacob laten twijfelen aan het idee van het schijnhuwelijk.

'Al dat papierwerk en die attesten... je hebt er heel wat werk mee voor het in orde is. Het duurt best even.' Jacob keek Simon verbaasd aan. Over welke attesten had Simon het? 'De attesten uit Maikes vaderland. Ze moet aantonen of ze wel mag huwen. Je hebt haar geboorteakte en weet ik veel wat nog allemaal nodig. Heel wat documenten, trouwens. En hebben jullie al een woning gevonden?'

'Alles blijft zoals het is', zei Jacob afwijzend. 'We blijven allebei waar we nu wonen.'

'Vergeet het!' Simon raakte nu pas goed op dreef. 'Zonder gemeenschappelijke woning kun je er maar beter niet eens aan beginnen. Ze kunnen jullie op elk moment controleren. Dan snuffelen ze door je huis om te kijken of je wel echt uit liefde met elkaar bent gehuwd. Ze kijken of je in dezelfde slaapkamer slaapt, vragen hoe jullie je koffie het liefste drinken, waar en wanneer jullie elkaar hebben leren kennen...' Jacob werd steeds zenuwachtiger. Dit wist hij niet. 'Kop op!' zei Simon huichelachtig. 'Het komt wel goed. In elk geval moet je Maike wel heel graag zien als je dit allemaal voor haar overhebt.'

'Ik vind haar leuk, dat wel, meer is er in feite niet aan de hand', zei Jacob koppig.

'En toch doe je al die moeite voor haar? Zonder er redelijk voor te worden beloond bovendien?' Dat Jacob in ruil voor het schijnhuwelijk duizend vijfhonderd euro zou krijgen, veegde Simon van tafel. 'Dat is in dit geval zogoed als gratis, als je rekening houdt met het risico dat je neemt. Voor een schijnhuwelijk kun je gemakkelijk tien- tot vijftienduizend euro vragen.'

'Wat?!' Eva's broer keek hem verbluft aan.

'Dat is de gemiddelde prijs', zei Simon. En Maikes vader had veel geld. Haar vader had zo'n bedrag waarschijnlijk altijd op zak.

Götz had net bloemen op het graf van zijn overleden vrouw gelegd toen zijn mobieltje rinkelde. Het was Barbara aan de andere kant van de lijn.

'Hallo, liefje', begroette hij haar. 'Ik sta net bij Cosima's graf en heb haar bedankt voor de zorgeloze toekomst die ze ons heeft bezorgd. Hoe gaat het met je?'

'Ik herstel bijzonder goed van de vermoeiende afgelopen maanden', zei Barbara.

'Ik wou dat ik bij je was, op Tenerife', zei hij.

'Kom dan eindelijk naar hier', zei ze. 'Heb je je aandelen nog altijd niet verkocht?'

'Helaas niet.' Hij zuchtte. 'Je ex-man heeft op dit moment geen geld.' En de bank had hem nog altijd geen bod gedaan. Het Fürstenhof was nog niet uit de problemen. Het proces tegen Barbara had veel stof doen opwaaien en voor negatieve reclame gezorgd. Het aantal reserveringen was ook niet bepaald moedgevend.

'Misschien heb ik een oplossing...' zei Barbara.

'Ik ben benieuwd.' Götz klonk hoopvol.

Maike zat in het restaurant en staarde nors naar het bord soep dat voor haar neus stond. Simon ging naar haar toe en vroeg wat er aan de hand was. Ze vertelde hem boos dat Jacob Krendlinger nu plotseling vijftienduizend euro voor het schijnhuwelijk vroeg.

'Ik begrijp er niets van', klaagde ze. 'Hij was in het begin zo lief. Ik dacht dat al mijn problemen van de baan waren.

Maar nu wil hij me uitknijpen als een citroen.' Ze schudde het hoofd. 'Hij kan het vergeten. Dan keer ik nog liever terug naar Zuid-Afrika. Dat is dan maar zo.'

'Ik zou er niet in trappen', viel Simon haar schijnheilig bij. Maar binnenin juichte hij. Zijn plan was gelukt. Maike vroeg zich nu af hoe ze het haar vader moest vertellen. Hij zou erop staan dat ze onmiddellijk naar huis kwam.

'Dan zal ik de rest van mijn leven op het wijngoed moeten slijten', kreunde ze.

'Dat kan ik niet toelaten.' Hij knielde theatraal voor haar neer. 'Maike Steenkamp, wil je met me trouwen?' Ze staarde hem perplex aan.

Eva had vernomen dat de kleine Valentina veel last had van darmkrampen en dat Charlotte daardoor amper nachtrust kreeg. Ze raadde Charlotte aan na elke flesvoeding een warme kruik op de buik van de baby te leggen, dat had zij ook vaak gedaan toen ze in een crèche werkte. Er bestonden speciale warme kruiken voor baby's en kleine kinderen.

'Ik heb er thuis vast nog één liggen. U mag die van me lenen.' Charlotte glimlachte dankbaar. Alles wat eventueel kon helpen, was welkom. De twee vrouwen wandelden door het park met Valentina in de kinderwagen.

'Waarom werkt u niet meer met kinderen?' vroeg ze aan Eva.

'Ach, dat is een lang verhaal.' Eva staarde een beetje weemoedig voor zich uit. Het was allemaal een beetje vreemd gelopen. 'Maar dienster zijn is ook leuk. Het is vooral heel afwisselend.' Wie weet ging ze ooit wel weer aan de slag als kinderverzorgster of lerares. Plotseling begon Valentina hartverscheurend te huilen. 'Zou ze weer buikpijn hebben?' vroeg Eva zich af. Charlotte wierp een blik op haar horloge.

'Nee, ze heeft honger', zei ze. 'Het is tijd voor een flesje.'

'Dan zal ik u niet langer ophouden.' De vrouwen keerden terug naar het hotel. Valentina huilde nog altijd. Bij de ingang van het hotel botste Charlotte bijna tegen Robert op. In gedachten verzonken kwam hij naar buiten gelopen. Hij negeerde zijn moeder en de baby compleet.

'Robert, alsjeblieft!' Ze greep hem bij de arm. 'Ik heb je hulp nodig. Het is jouw dochter!' Maar hij rukte zijn arm los.

'Jij hebt haar meegebracht', zei hij koel. 'Houd je dus maar met haar bezig. Ik wil dat kind niet. Punt uit!' Hij liep weg. Eva had het voorval van enige afstand gevolgd en kon haar oren niet geloven. Ze stapte vastberaden op Robert af.

'Ik heb alle begrip voor uw bedroefdheid!' sprak ze hem aan. 'Maar u kunt uw moeder niet zo behandelen.'

'Dat gaat u niets aan!' viel hij tegen haar uit. Ze negeerde zijn verwijt.

'Ik heb al verschillende mensen van wie ik veel hield, begraven', ging ze onverstoord voort. 'Maar ik heb nog nooit om die reden iemand zo respectloos behandeld als u uw moeder net behandelde. Ze doet alles voor u! En u, u behandelt haar als vuil!' Robert keek haar woedend aan. Maar Eva was nog niet uitgepraat. 'Uw moeder is aan het eind van haar krachten! Ze heeft uw hulp nodig bij de verzorging van uw kind! De kleine Valentina moet namelijk worden gevoed en ze heeft liefde nodig. Als ze die niet dag in dag uit krijgt, overleeft ze het niet. Dan kunt u haar naast uw vrouw begraven!' Hoewel ze duidelijke taal sprak, leken haar woorden niet tot hem door te dringen. Hij bleef haar met een ijzige blik aankijken.

'Wat er van dat kind komt, interesseert me niet', antwoordde hij. 'Ze bestaat niet voor mij!'

'Wat zou uw vrouw ervan vinden als ze zou horen hoe u over Valentina praat?' riep Eva boos. 'Over jullie dochter, het resultaat van jullie liefde?'

'Houd Miriam hierbuiten, oké?!' Roberts stem klonk dreigend, maar ze liet zich niet door hem intimideren.

'Miriam leeft voort in uw dochter', zei ze vastberaden. 'Als u uw dochter afstoot, stoot u ook Miriam af. U breekt haar hart, zelfs na haar dood!'

'Ik heb veel van Miriam gehouden!' Robert greep Eva hardhandig bij de arm. 'Ik hield meer van haar dan van wie dan ook ter wereld!'

'Dat begrijp ik heel goed', antwoordde ze. 'Denkt u dat ik het gemakkelijk had toen ik mijn ouders verloor? En mijn grote liefde?'

'Ik heb genoeg van uw gezwets!' barstte Robert uit. 'U hebt er geen idee van wat liefde is!' Eva hapte naar adem. Toen gaf ze Robert een knallende oorveeg...

Ook verkrijgbaar in deze reeks:

Verscheurd door emoties
ISBN 978 94 014 0598 0

Een droom komt uit
ISBN 978 94 014 0599 7

Gevaarlijk spel
ISBN 978 94 014 0600 0

Bittere ontgoocheling
ISBN 978 94 014 0601 7

Een zware fout

ISBN 978 94 014 0631 4

Tussen liefde en verdriet

ISBN 978 94 014 0632 1

De kracht van liefde

ISBN 978 94 014 1008 3

Op hoop van zege

ISBN 978 94 014 1007 6

Kapotte dromen
ISBN 978 94 014 1496 8

Op het nippertje gered
ISBN 978 94 014 1497 5

Het proces
ISBN 978 94 014 1498 2